Noche de libertad

Kate Walker

Bianca®

HARLEQUIN®

Editado por HARLEQUIN IBÉRICA, S.A.
Hermosilla, 21
28001 Madrid

© 2005 Kate Walker. Todos los derechos reservados.
NOCHE DE LIBERTAD, Nº 1677 - 14.6.06
Título original: The Antonakos Marriage
Publicada originalmente por Mills & Boon®, Ltd., Londres.

I.S.B.N.: 84-671-3848-3
Depósito legal: B-17913-2006
Editor responsable: Luis Pugni
Composición: M.T. Color & Diseño, S.L.
C/. Colquide, 6 - portal 2-3º H, 28230 Las Rozas (Madrid)
Fotomecánica: PREIMPRESIÓN 2000
C/. Algorta, 33. 28019 Madrid
Impresión y encuadernación: LITOGRAFÍA ROSÉS, S.A.
C/. Energía, 11. 08850 Gavá (Barcelona)
Fecha impresion para Argentina: 11.12.06
Distribuidor exclusivo para España: LOGISTA
Distribuidor para México: CODIPLYRSA
Distribuidores para Argentina: interior, BERTRAN, S.A.C. Vélez
Sársfield, 1950. Cap. Fed./ Buenos Aires y Gran Buenos Aires,
VACCARO SÁNCHEZ y Cía, S.A.
Distribuidor para Chile: DISTRIBUIDORA ALFA, S.A.

Capítulo 1

THEO ANTONAKOS no se sorprendió al enterarse de que estaba a punto de tener una nueva madrastra.

Nunca había llegado a asimilar y aceptar la reputación de su padre con las mujeres. Había perdido la cuenta del número de amantes que habían pasado por su vida desde que murió su madre. Tres de ellas acabaron convirtiéndose en esposas de Cyril, aunque no duraron mucho tiempo.

Y, al parecer, la quinta señora Antonakos estaba a punto de hacer su aparición en escena. Theo no esperaba que fuera a durar más que sus predecesoras, pero aquella mujer era indirectamente responsable de la inquietud que sentía aquella noche.

Tomó su vaso de vino y lo vació de un trago. Normalmente le encantaban el ajetreo y la actividad de Londres, pero cuando hacía un día oscuro y húmedo como aquella tarde de octubre, deseaba estar en cualquier sitio menos allí. Echaba de menos el sol de Grecia, el sonido del mar contra las rocas en la isla que poseía su familia. Echaba de menos a su familia, su hogar.

Todo había empezado con la carta que había recibido aquella mañana. Al verla se había quedado perplejo. Su padre había roto finalmente su silencio y le había escrito.

—Oh, vamos, pelirroja, anímate. ¡Siéntate y bebe algo con nosotros!

El comentario, seguido de un coro de risas procedentes del otro extremo del pub le hizo volver la cabeza. Había un par de jóvenes sentados a una mesa abarrotada de botellas de cerveza vacías, pero lo que llamó realmente su atención fue la mujer que estaba con ellos.

No podía ver su rostro porque estaba de espaldas, pero lo que podía ver era sensacional. Física y sexualmente sensacional, tuvo que reconocer ante la inmediata reacción de su cuerpo.

Una maravillosa melena pelirroja caía en cascada sobre sus hombros. Era alta y curvilínea, de estrechas caderas y con un coqueto trasero ceñido por una diminuta falda negra de la que surgían unas larguísimas y esbeltas piernas enfundadas en unas medias también negras.

—Toma lo que te apetezca, cariño...

Había algo en aquella mujer que le hacía imposible apartar la mirada.

Lo cierto era que llevaba demasiado tiempo sin una mujer, y ése era el verdadero motivo de su interés. Desde que Eva había salido de su vida tres meses atrás, no había tenido compañía femenina.

Podría haberla tenido, desde luego. Sabía sin necesidad de falsa modestia que su aspecto atraía

habitualmente la atención y el interés de las mujeres. Pero últimamente no le bastaba con aquello.
Estaba irritable. Quería más.

Pero no con Eva. Por eso habían discutido y ella
se había ido. Eva no era la clase de chica que se
quedara cuando sabía que no iba a obtener lo que
quería, y lo que quería sonaba a boda

Pero, si era sincero consigo mismo, debía reconocer que no la había echado de menos.

—Muchas gracias, pero no.

La voz de la mujer sonó clara y rotunda en el repentino silencio reinante en el pub.

¡Y qué voz! Era grave y sensual, sorprendente-
mente ronca para una mujer. Theo sintió que se le
secaba la boca, pero, un instante después, los eróti-
cos pensamientos que había inspirado la voz se es-
fumaron a causa del dramático cambio de tono que
experimentó.

—He dicho que no, gracias.

Theo estaba en pie incluso antes de darse cuenta
de que había reaccionado. Había percibido una
nota de inquietud en la voz de la mujer, de rechazo
a la situación en que se encontraba.

Media docena de rápidos pasos lo llevaron a detenerse tras ella. Ni la mujer ni los hombres con los
que estaba hablando se fijaron en él.

Skye Martson supo que tenía problemas.

De hecho, lo había sabido en cuanto había empezado a hablar con aquellos dos tipos. No debería haberse detenido ni debería haber respondido a su saludo, aparentemente amistoso.

Había entrado en el pub siguiendo un impulso. Estaba lleno, iluminado y caliente, en contraste con el frío y la continua llovizna del exterior. Y había sentido una necesidad casi desesperada de estar con gente. Había pasado demasiado tiempo sola y la soledad no le permitía olvidar sus tristes pensamientos.

¿Realmente había pasado tan sólo un mes desde que su padre se había desmoronado y había admitido que sus problemas económicos eran mucho más graves de lo que había hecho ver? En un intento por solucionarlos, había complicado aún más las cosas tomando dinero «prestado» de su jefe, el millonario griego Cyril Antonakos, el dueño de los hoteles que él dirigía... y le habían descubierto. Si se presentaban cargos contra él, se enfrentaba a una larga condena en prisión.

—¡No puedo ir a la cárcel, Skye! —había sollozado—. ¡No ahora, con tu madre enferma! Esto la mataría. No puede arreglárselas sin mí. ¡Tienes que ayudarme!

—Haré lo que sea para ayudar, papá —dijo Skye, consciente de que no podía decir otra cosa. Su madre estaba enferma del corazón y su situación se había deteriorado en los últimos tiempos. Si la siguiente operación que iban a practicarle no salía bien, la única solución sería un transplante—. Lo que sea... aunque no sé muy bien de qué ayuda puedo servir.

Pero su padre sí lo sabía. Cyril Antonakos ya había propuesto una salida para la terrible situación en que se encontraba Andrew Martson. Y Skye se había enterado con horror de lo esencial que era su papel en aquel plan. Cyril quería un heredero. Para lograr ese fin necesitaba una esposa y, dado que su último matrimonio había acabado en un amargo divorcio, había seleccionado a Skye como potencial madre de su hijo. Si se casaba con él y le daba el heredero que quería, no presentaría cargos.

Para salvar a su padre de la prisión tenía que casarse con un hombre mayor que él.

Y debía dar su respuesta al día siguiente.

Por eso estaba allí aquella noche. Por eso estaba sola, pasando su última noche de libertad en las ajetreadas calles de Londres. Sin pararse a pensar, había entrado en el abarrotado pub... y casi de inmediato había sentido que había cometido un error.

Estaba a punto de irse de nuevo cuando se había fijado en la única persona del bar que, como ella, parecía estar sola.

¿Debía, o podía, animarse a ir a hablar con él? Ése había sido su plan desde el principio. Conocer a alguien con quien hablar para alejar la terrible sensación de aislamiento y pérdida que sentía, para disfrutar de unos momentos de libertad y relajación antes de que el mundo volviera a cerrarse sobre ella.

Pero aquél no parecía la clase de hombre que pudiera colmar aquella esperanza. Era demasiado grande, demasiado moreno, y tenía un aspecto demasiado peligroso. Parecía relajadamente sentado en su silla, pero había un aura de amenaza a su alrededor, de intenso poder, que hizo que el corazón de Skye latiera más rápido. Parecía un felino aguardando en la espesura de la jungla al paso de su presa.

Aquel pensamiento le hizo dudar y detenerse, y fue entonces cuando una llamada de la mesa más cercana la distrajo.

—Hola, cariño. ¿Buscas a alguien?

Si Skye no hubiera estado distraída mirando al hombre moreno, si no hubiera estado desesperada por encontrar compañía y distracción, habría hecho caso omiso y habría seguido caminando. Pero se había detenido junto a la mesa y sus ocupantes habían creído que estaba dispuesta a seguirles el juego. Sus sonrisas lascivas le hicieron sentirse incómoda de inmediato. Aquello no era precisamente lo que estaba buscando.

Trató de rechazar educadamente las ofertas para que bebiera algo, pero no sirvió de nada. El tipo rubio que la había abordado empezó a ponerse más y más agresivo, y cuando Skye trató de alejarse, la sujetó por un brazo.

—¿Qué sucede? ¿No somos lo suficientemente buenos para ti?

—No... en realidad... estoy esperando a otra persona.

–¿A quién?

–A mi... novio. Hemos quedado aquí.

El rubio miró a su alrededor burlonamente.

–En ese caso, creo que te han dejado plantada, pelirroja –dijo a la vez que la sujetaba con más fuerza.

–Se... habrá retrasado.

–¿Sabes lo que creo, pelirroja? Que no va a venir. De hecho, sospecho que me estás mintiendo, que ese amante no existe.

–Claro que existe.

Skye se sobresaltó al escuchar aquellas palabras a sus espaldas. Aquella voz profunda y sexy era lo último que habría anticipado. Parecía la de un amante de fantasía que hubiera acudido en su rescate.

Pero no se trataba de una fantasía. La expresión de los tipos que la estaban molestando era de evidente consternación mientras miraban por encima de su hombro.

Skye sintió que un par de poderosos brazos la rodeaban por detrás por la cintura y notó al instante el calor que emanaba del otro cuerpo... un calor que casi pareció chamuscar su alma. Se sintió a salvo, protegida...

–Siento haber llegado tarde, querida –murmuró la ronca voz junto a su cuello–. Ya sabes cómo son esas reuniones. Pero ya estoy aquí.

–Mmm –fue todo lo que logró decir Skye, a la que le dio igual que hubiera sonado más como un sensual suspiro de respuesta que otra cosa.

Las manos que tenía en la cintura eran unas manos muy masculinas, grandes, fuertes, sin anillos...

—¿Me perdonas?

—¡Oh, sí!

¿Qué otra cosa podía decir? En aquellos momentos, Skye habría aceptado cualquier cosa de aquel hombre. Sintió que se movía tras ella y un momento después notó la calidez de sus labios apoyados en su cuello. Echó atrás la cabeza instintivamente y cerró los ojos.

—¡Hey! —el desconocido rió con suavidad—. Aquí no, cariño. Será mejor esperar a llegar a casa.

Aquello hizo que Skye volviera rápidamente a la realidad. Abrió la boca para protestar, pero el hombre habló antes que ella.

—Es hora de irnos, cariño. Di adiós a tus amigos.

El modo en que dijo «amigos» fue lo que alertó a Skye. Si hubiera aireado sus protestas, habría dejado en evidencia a su salvador.

—Adiós... Gracias por haberme hecho compañía.

El desconocido la tomó de la mano y se volvió.

—Vamos, salgamos de aquí.

Skye apenas pudo verle el rostro mientras avanzaban hacia la salida, pero era un hombre alto y fuerte y no tuvo dificultades para abrirse paso entre la gente que abarrotaba el local.

Un momento después estaban fuera, pero el hombre no parecía tener intención de detenerse.

—Espera... —dijo Skye, pero él no pareció escucharla—. ¡Ya es suficiente! —exclamó.

En aquella ocasión su voz lo alcanzó. El hombre se detuvo abruptamente y se volvió.

Al ver su rostro con claridad, Skye reconoció al hombre solitario en que se había fijado al entrar en el pub, el hombre al que no había tenido el valor a acercarse porque parecía llevar un cartel en que decía «¡Peligro, mantenerse alejado y no tocar!»

–¡Tú! –exclamó

De cerca parecía aún más peligroso, más devastador, más descaradamente masculino... y sin embargo, su innegable atractivo estaba matizado por una inaprensible sensación de amenaza.

Aquélla no era la clase de hombre con que solía relacionarse habitualmente. No se parecía a los hombres de la oficina ni a los pocos con los que había salido alguna vez. Aquel hombre estaba más allá de su experiencia, de su conocimiento y, sin duda, de su control.

Sus instintos le decían que estaba totalmente indefensa con él. Si no se equivocaba, mucho se temía que acababa de saltar de la sartén para caer directamente al fuego.

Capítulo 2

SÍ, YO.
   Theo respondió con toda la calma que pudo a la sorprendida Skye.

No debería haberla tocado.

Su cuerpo aún ardía al pensar en ello; su cerebro había estado a punto de disolverse a causa del erótico calor que había excitado su cuerpo en un instante.

No debería haberla tocado, pero no podía haber anticipado el modo en que ella había reaccionado. Debía haber sentido lo mismo; de lo contrario, ¿por qué había echado la cabeza atrás como lo había hecho cuando la había besado en el cuello?

Pero en aquellos momentos lo estaba mirando como si fuera un demonio.

—¿Esperabas a otra persona? —añadió.

—No... exactamente —balbuceó Skye—. Yo... No había pensado que serías tú el que acudiera en mi rescate. Debería darte las gracias.

—No hace falta —dijo él a la vez que le soltaba la mano.

Theo era muy consciente de que las frustradas

demandas de su excitado cuerpo estaban alterando su humor... y éste empeoró cuando pudo ver con claridad el rostro de Skye.

Era un rostro maravilloso, pálido y oval. Tenía unos asombrosos ojos de color claro y unas pestañas increíblemente densas. Su boca, suave y sensual, parecía hecha para ser besada...

–Debería presentarme –dijo Skye a la vez que le ofrecía su mano–. Soy... Skye.

Su indecisión y el hecho de que no añadiera su apellido revelaron a Theo que no quería decirle su identidad completa. Por él no había problema.

–Antón –murmuró, y soltó rápidamente la mano de Skye tras estrecharla.

No quería volver a pasar por las crueles sensaciones que había experimentado hacía un momento... sobre todo teniendo en cuenta que ella parecía dispuesta a marcharse cuanto antes.

–Antón.

El modo en que Skye repitió el nombre que le había dado le hizo preguntarse si sabría, o sospecharía, que no era genuino.

Pero le daba igual. Incluso allí, en Inglaterra, el nombre Antonakos, y sobre todo la fortuna Antonakos, eran tan bien conocidos que el hecho de revelar su identidad solía despertar un interés excesivo... y normalmente especulativo.

Y, según su experiencia, las mujeres eran las peores en aquel aspecto. Sus ojos solían iluminarse ante la posibilidad de un futuro de lujos y comodidades si sabían jugar bien sus cartas.

Y ya que no sabía la clase de cartas que tenía Skye, prefería mantener las suyas bien protegidas.

Aunque Skye no parecía en lo más mínimo interesada mientras miraba a un lado y otro de la calle.

—¿Buscas a alguien? —preguntó, temiendo haberse equivocado. Había asumido que el novio invocado por ella no existía... aunque, probablemente, su deducción no había sido más que la expresión de un deseo.

Lo cierto era que quería a aquella mujer para sí mismo, y estaba dispuesto a hacer lo que fuera para conseguirla.

—¿Era real el novio que has mencionado? —añadió al ver que no decía nada.

—Oh, no. Lo he inventado con la esperanza de que me dejaran en paz. Sólo estaba buscando un... taxi.

—Puedo llevarte a donde quieras.

—Prefiero un taxi —el tono de Skye fue el equivalente a alejarse varios pasos de él. Nada podría haber puesto más distancia entre ambos.

Un taxi negro se acercó en aquel momento y Skye alzó la mano, pero ya era tarde. Pasó junto a ellos y salpicó su falda y sus piernas de agua.

—Puedo llevarte a donde quieras.

El tono en que repitió sus palabras hizo que Skye mirara a Theo al rostro y comprendiera que lo había ofendido con su negativa.

–Sólo trataba de ser... sensata.

–¿No te parece un poco tarde para eso?

–¿Qué quieres decir?

–La situación en que te has metido en el pub no ha sido precisamente sensata.

–¡Yo no he hecho nada para buscarla! –protestó Skye–. ¡Simplemente ha sucedido!

–Sólo te he ofrecido llevarte en coche a donde quieras.

La resignación del tono de Theo advirtió a Skye de que estaba a punto de perder los estribos.

–Lo sien... –empezó a decir, pero él la interrumpió.

–Me educaron para no permitir nunca que una mujer se enfrente sola a un problema si podía hacer algo por ayudarla.

–En ese caso, pídeme un taxi, por favor –Skye rogó en silencio para que Theo le hiciera caso, pues sentía que estaba perdiendo el control.

–No te hace falta un taxi. Yo puedo llevarte a donde quieras.

Skye cerró los ojos un momento. Ni siquiera quería pensar en la reacción de su padre si llegara a casa en el coche desconocido con un hombre desconocido, y menos aún en la de su futuro prometido.

¿Por qué había creído que podría hacer aquello? ¿Por qué había creído que podía permitirse una noche de libertad para alzar una barrera temporal entre sí misma y el futuro que la aguardaba?

¿Por qué había imaginado que podría disfrutar

de una noche como solían hacer sus amigas y otras jóvenes de su edad, una noche de total libertad e irresponsabilidad antes de que los muros de la restricción se cerraran en torno a ella para siempre?

Ni siquiera había sido capaz de vivir así cuando había tenido su libertad... la libertad de la juventud. De manera que, ¿por qué había pensado que podría hacerlo aquella noche? Había estado fuera de su elemento todo el tiempo... y se estaba hundiendo más y más con cada segundo que pasaba.

—En ese caso buscaré yo misma un taxi —dijo, y se apartó de él violentamente, sabiendo en el fondo que estaba huyendo de sí misma, no de él.

Pero al volverse, uno de sus tacones se enganchó en un ranura de la acera y se tambaleó en dirección a la calle, por la que en aquellos momentos se acercaba un coche.

—¡Cuidado, Skye!

En un instante, Theo estaba a su lado y Skye sintió que unos brazos de acero la aferraban justo a tiempo de evitar la caída y ponerla a salvo.

¿A salvo? ¿O más bien había entrado de lleno en la guarida del león?

No podía saberlo, y además la cabeza le estaba dando tantas vueltas a causa de la conmoción que no podía pensar con claridad.

Tampoco ayudaba la posición en que se encontraba. Antón la había hecho girar de manera que tenía el cuerpo pegado al suyo y la cabeza apoyada contra su pecho.

Y su sangre comenzó a hervir de nuevo, como cuando se había acercado a ella por detrás en el pub. Estaba rodeada por él, por su calor, por el masculino aroma de su cuerpo, que parecía estar disolviendo los pensamientos de su cabeza.

Se sentía como si por fin hubiera llegado a casa.

Se sentía como si siempre hubiera estado allí, como si aquél fuera el lugar al que realmente pertenecía.

Como una criatura buscando refugiarse del frío, se acurrucó contra él, enterró el rostro en su camisa y lo rodeó con los brazos por la cintura.

Sintió que él la ceñía con más fuerza y que inclinaba su cabeza hacia ella, hasta que, incrédula, notó sus labios en el cuello y oyó su profundo suspiro.

–No te vayas, Skye... Quiero que te quedes.

–¿Qué?

¿Había oído realmente lo que creía? Skye no podía creerlo. Los hombres como Antón no pedían de pronto a una chica como ella que se quedara con él... al menos, no después de un encuentro tan breve.

¿Habría dicho aquello de verdad?

Ladeó la cabeza para mirarlo al rostro y ver su expresión, pero él inclinó la cabeza y capturó sus labios en un beso ardiente que hizo que una increíble descarga de sensaciones recorriera su cuerpo de la cabeza a los pies.

Aquello no podía estar pasando, fue lo único

que pudo pensar antes de que su cerebro entrara en cortocircuito y pensar se volviera una tarea imposible.

La boca de Antón era pura seducción. Su beso hizo que Skye sintiera que empezaba a formar parte de él. Entreabrió los labios, alentando con un suspiro la cálida invasión de su lengua. Algo denso, oscuro y profundamente sensual se desató en su cuerpo y provocó un delicioso latido entre sus muslos.

La lluvia no dejaba de caer, pero Skye era totalmente ajena a ella, pues estaba perdida en un mundo en que nada más podía alcanzarla.

A lo lejos, alguien soltó un prolongado silbido. Reacios, se separaron lentamente, con la respiración agitada. Se miraron con expresión aturdida.

—Yo... —empezó Skye, pero su voz se rompió en medio de la frase cuando se hizo plenamente consciente de lo que había pasado.

Aquélla era la verdad. Aquello era lo que significaba la relación hombre mujer, lo que ocultaban las palabras deseo, pasión... lo que ella no había conocido hasta ahora.

Ahora.

La palabra resonó sombríamente en su cabeza, haciendo que sus ojos se llenaran de lágrimas.

Ahora, cuando ya era demasiado tarde. Cuando un malévolo destino había decidido su futuro y le había negado para siempre aquellas delicias. Había aprendido la verdad demasiado tarde, cuando ya no tenía opciones.

«Excepto esta noche», susurró una vocecita en su mente, llevando consigo la clase de sueños y esperanzas que Skye nunca se había permitido tener hasta entonces, uno sueños que en aquellos momentos tenía al alcance de la mano.

–¿Skye? –dijo con suavidad el hombre llamado Antón.

El calor de su cuerpo aún seguía envolviéndola y, aunque había aflojado su abrazo, podía sentir todavía la evidencia de su deseo presionada contra el estómago.

Pero acababa de conocerla hacía unos minutos.

–No te haré daño –la voz de Theo surgió ronca de deseo, tan ronca que a Skye le conmocionó pensar que pudiera tener tal efecto sobre un hombre... sobre todo sobre un hombre tan imponente y devastador como aquél–. Te prometo que estarás a salvo conmigo. Te juro...

Skye estuvo a punto de sufrir un ataque de pánico de las posibilidades que se estaba planteando, pero la necesidad que se había apoderado de su cuerpo no parecía querer abandonarla.

Si aquello hubiera sucedido antes... Si hubiera conocido a Antón antes...

Pero no. Aquello era desear lo imposible. Su destino estaba sellado y no tenía más remedio que avanzar por el camino elegido para ella. El camino que había aceptado.

El camino que no había tenido más remedio que aceptar.

A partir del día siguiente todo cambiaría. Su vida ya no sería suya.

Se mordió con fuerza el labio.

La semana anterior se había planteado la posibilidad de escapar, pero sabía que no habría sido capaz de hacerlo. Demasiada gente dependía de ella. Y por si hubiera tenido alguna duda, se había esfumado aquella misma semana cuando el médico había informado del gravísimo estado en que se encontraba el corazón de su madre. No podía huir y dejar a sus padres en la estacada en aquellas circunstancias.

Pero aún le quedaba aquella noche.

Aquella noche podía huir de todo lo que la agobiaba... al menos temporalmente. Podía escapar a un mundo de fantasía y placer. Un mundo tan irreal que no podía creer que aquello le estuviera sucediendo a ella.

Uno de los aspectos más difíciles de aceptar de su próxima boda con Cyril Antonakos era el hecho de que la noche de bodas sería su primera experiencia en el terreno sexual. Aún era virgen y nunca había conocido a un hombre capaz de hacerle sentir lo suficiente como para desear que cambiara la situación.

Hasta aquella noche.

Después de lo sucedido ya no podía soportar la idea de que su primer y único amante fuera a ser un hombre de casi sesenta años... cuando el que la sostenía entre sus brazos sólo tenía que tocarla para hacerle sentir que ardía.

Podía tener aquella noche.

«Te prometo que estarás a salvo conmigo. Te juro...»

Antón ni siquiera tenía por qué saber su nombre. Y al día siguiente, como en un cuento actualizado de Cenicienta, la realidad volvería a adueñarse de ella.

Pero habría tenido esa noche y podría conservar para siempre aquel recuerdo.

–¿Skye? –dijo Theo, que estaba haciendo verdaderos esfuerzos por contener su impaciencia–. ¿Vas a contestarme de una vez?

Ella lo intentó, pero logró encontrar la fuerza necesaria para hacerlo.

Entonces él inclinó la cabeza y volvió a besarla. En aquella ocasión su beso no manifestó la fiera pasión de unos momentos antes; en lugar de ello fue suave, lento y conmovedoramente tierno. Pareció extraer el alma del cuerpo de Skye, disolver sus huesos, de manera que se vio obligada a aferrarse a él para no desmoronarse allí mismo.

–Contesta, preciosa mía –susurró Theo roncamente–. ¿Te quedas conmigo o te vas?

«Preciosa mía», pensó Skye, aturdida.

Nadie la había llamado nunca así, ni siquiera su madre. Nadie le había hecho sentir como aquel hombre.

De pronto comprendió que sólo había una respuesta. Que sólo podía darle una respuesta.

Tenía que tener aquella noche. Tal vez lo lamentaría al día siguiente, cuando la realidad la abofeteara en el rostro, pero estaba segura de que lamentaría mucho más haber dicho que no.

De manera que alzó el rostro y le devolvió el beso,

–Oh, sí –dijo con suavidad–. Por supuesto que me quedo. Pero con una condición...

Capítulo 3

THEO encendió la luz y miró en torno a la habitación con expresión crítica.

—¿Estás segura de que esto es lo que quieres?

Se trataba de la típica habitación de hotel, limpia, con una gran cama y el mobiliario habitual. Totalmente funcional, pero impersonal y, por tanto, nada acogedora.

No era el lugar en que Theo había esperado acabar la noche, desde luego, pero lo cierto era que nada estaba saliendo como había imaginado.

Desde luego, no había anticipado acabar en la habitación de un hotel con una mujer que despertaba sus instintos más básicos y de la que tan sólo sabía su nombre de pila.

—Somos desconocidos —había dicho Skye—, y quiero que sigamos así. Tú no me conoces y yo no te conozco a ti... y así es como tienen que ser las cosas.

—¡Ni hablar! —fue la primera respuesta de Theo, que se volvió a medias con intención de irse. Pero Skye estaba aún demasiado cerca de él y la sangre que corría ardiente por sus venas nubló sus pensamientos.

No podía dejarla ir.

Lo había sabido en el momento en que le había visto alzar la mano para pedir un taxi que se la habría llevado para siempre de su vida.

—Pides demasiado —había murmurado.

Skye no dio ninguna muestra de reconsiderar su propuesta.

—Es eso o nada —dijo a la vez que alzaba una mano y la deslizaba por el frente de la camisa de Theo.

Él sintió que la piel le ardía bajo su mano.

—Eso o nada —repitió ella, y Theo supo en aquel instante que siempre se maldeciría a sí mismo si dejaba que aquella mujer se fuera.

—Lo que tú quieras —dijo con total sinceridad—. Lo que tú quieras.

Y lo que Skye quería era aquello.

Al menos por esa noche.

Theo estaba dispuesto a dejar que se saliera con la suya aquella noche... a fin de cuentas, ella no era la única que había sido un poco... parca con la verdad. Pero al día siguiente pensaba hacerle muchas preguntas. Y quería respuestas muy concretas. Entretanto, pasaría la noche convenciéndola de que no se trataba de «eso o nada».

—¿Skye? —preguntó cuando la mujer que lo había seguido a la habitación no contestó—. ¿Qué sucede? ¿Has cambiado de opinión? ¿Quieres dejarlo?

Skye no había dejado de hacerse aquellas preguntas desde que habían entrado al hotel... o, más bien, desde el momento que había aceptado quedarse.

Era evidente que había desconcertado a Antón al decirle que si se quedaba no debía preguntarle su nombre completo ni darle el suyo.

Por un momento había creído que iba a rechazar su proposición. Su expresión se había vuelto hermética, hasta que sus rasgos habían acabado pareciendo labrados en mármol.

Pero entonces había parpadeado una vez, lentamente, y había asentido con su oscura cabeza.

—No —contestó finalmente, sintiendo una tensión interior que hizo que su voz surgiera fría y distante—. No, no quiero dejarlo. Es sólo que...

«Que esto no se me da bien».

Las palabras estaban ardiendo en la punta de su lengua, pero se contuvo. No podía pronunciarlas en aquella situación.

—¿Es sólo que...?

La voz de Antón sonó inquietantemente próxima y, cuando abrió los ojos, Skye vio que estaba tan cerca que podría haberlo tocado con sólo alzar la mano.

Y quería tocarlo. La punta de los dedos le cosquilleaba con el recuerdo de su calidez, y si se pasaba la lengua por los labios aún podía sentir su sabor, limpio, almizclado, intensamente masculino...

Deseaba a aquel hombre.

–¿Es sólo que...? –insistió Theo.

«Quiero que me abraces, que me hagas olvidar...»

–Que me gustaría que volvieras a besarme.

–¡Ah, eso! –Theo rió y Skye captó un matiz de triunfo en su risa–. Sólo tenías que pedirlo.

Theo la tomó entre sus brazos y la atrajo hacia sí con la confianza de un hombre seguro de su atractivo.

–¿Dónde quieres que te bese, corazón? –murmuró, reteniendo cautiva a Skye con su mirada–. ¿Aquí?

La cálida presión de su boca en la frente de Skye fue tan delicada como el roce de una mariposa y provocó en ella un melancólico suspiro.

–¿O aquí?

En aquella ocasión Theo la besó en la sien.

–¿O tal vez aquí? –preguntó, y a continuación la besó delicadamente en los párpados, haciéndole cerrar los ojos.

Skye se sintió rodeada por su aroma y, cuando la tomó de las manos, el calor recorrió su piel como una descarga eléctrica.

Y todo empezó a pasar de nuevo.

Sentía que se derretía por dentro mientras que toda la tensión acumulada parecía abandonar su cuerpo.

–No está mal para empezar –logró decir, y se quedó asombrada de su propia audacia.

Seguía con los ojos cerrados y sólo podía sentir, encerrada en un mundo secreto de sensaciones que nunca había conocido, pero que anhelaba experimentar.

Quería sumergirse en ellas como una nadadora que se lanzara a la piscina más profunda, dejando que el agua la envolviera por completo.

Pero Antón parecía empeñado en tomarse las cosas con calma.

—No tan rápido, preciosa —dijo cuando ella dejó escapar un ruidito de impaciencia—. Tenemos toda la noche.

Toda la noche.

Aquellas palabras sonaban maravillosamente. Prometían horas y horas de placer... pero, al mismo tiempo, Skye sabía lo rápido que pasarían.

Tenía aquella oportunidad única de conocer las delicias que el instinto le decía que la aguardaban y no pensaba desperdiciarla. Su cuerpo ya ardía de anticipación y estaba temblando tanto que sólo se sostenía en pie gracias a los brazos que la rodeaban.

—Antón...

—Lo sé, cariño, lo sé —dijo él en tono tranquilizador—. Sé lo que sientes, pero te aseguro que va a merecer la pena que nos lo tomemos con calma. Tú deja que yo te guíe...

Un instante después estaba besando de nuevo a Skye en los labios. El contacto estuvo a punto de hacer perder a ésta su capacidad de pensar, pero había un asunto práctico que no podía olvidar bajo ninguna circunstancia, porque las posibles consecuencias si no lo hacía eran demasiado horribles como ni siquiera pensar en ellas.

Sólo tenía una noche y no podía correr el riesgo de quedarse embarazada. Eso supondría la destrucción de su familia.

Debía decirlo. La mujer que Antón creía que era jamás habría pasado por alto aquel asunto.

–¿Tienes... protección? –se animó a preguntar finalmente.

–Por supuesto –respondió Theo mientras la besaba en el cuello–. La tienda del hotel tiene de todo. Así que ya puedes relajarte sabiendo que voy a cuidar de ti como es debido.

La promesa que contenían aquellas palabras animó a Skye a rodearlo con los brazos por el cuello a la vez que se entregaba por completo a su beso. Fue un beso duro, ardiente, hambriento, que provocó una apasionada respuesta por su parte.

Nunca se había sentido tan viva como en aquellos momentos. Su corazón latía desbocado y la cabeza le daba vueltas. Sentía los pechos henchidos y sus sensibles cimas contraídas.

De pronto, Theo la alzó del suelo como si pesara poco más que una pluma y la llevó a la cama. Mientras seguía besándola, sus expertas manos buscaron los botones del vestido y unos momentos después Skye quedó expuesta a su mirada con la exclusiva protección de su sujetador de encaje.

Al sentir que Antón tomaba entre sus dedos uno de sus pezones, Skye abrió lo ojos y se encontró con su oscura mirada.

—Antón... —empezó, pero el volvió a silenciarla con un beso.

—Cierra los ojos —ordenó contra sus labios—. Ciérralos y mantenlos cerrados. No mires. Limítate a sentir.

Pero Skye no necesitaba que le dijeran aquello. ¿Qué podía hacer aparte de sentir mientras él le quitaba el sujetador y le acariciaba los pechos como jamás lo había hecho nadie?

Pero aquellas delicadas caricias no le bastaban. ¡Necesitaba más! Alargando las manos ciegamente hacia él, tomó a Antón por los hombros y lo atrajo hacia sí para besarlo en los labios.

—Ayúdame... enséñame... —empezó, y se dio cuenta justo a tiempo de que había estado a punto de revelar más de lo que quería. No quería que Antón sospechara que era virgen. Sin duda, un hombre tan sofisticado como él se reiría de su falta de experiencia—. Enséñame a darte placer —añadió rápidamente.

—Lo estás haciendo muy bien por tu cuenta —murmuró él, y el ronco tono de su voz, cargado de deseo, hizo que Skye experimentara una sensual sensación de triunfo.

Tal vez, si mantenía los ojos cerrados, podría ser la mujer que Antón deseaba. Con los ojos cerrados se sentía menos inhibida, menos consciente de sí misma... más audaz.

De manera que, sin pensárselo dos veces, tanteó con las manos su pecho y empezó a desabrocharle la camisa. Unos momentos después apoyaba las manos sobre su cálida piel, cubierta de vello, y se dejó llevar por la tentación de explorarla.

–Muy bien... –murmuró él.

–Tu tampoco lo estás haciendo nada mal –logró decir ella en tono aparentemente desenfadado, apenas consciente de que Antón le había ido quitando casi toda la ropa sin los tirones e incomodidades que había anticipado. Manteniendo los ojos cerrados logró no ruborizarse al darse cuenta de que Antón debía tener la mirada fija en su cuerpo, prácticamente desnudo.

Pero cuando sintió que le acariciaba la delicada piel del vientre con sus fuertes dedos tuvo que hacer verdaderos esfuerzos para no contraerse.

La incomodidad sólo duró un momento. Unos segundos después, las deliciosas sensaciones que despertaron en ella las caricias de Antón hicieron que se relajara por completo. Sus hambrientos sentidos no parecían saciarse, y los gemidos que escaparon de su garganta dejaron claramente expuesta su necesidad.

Las caricias de Antón se volvieron más urgentes, más exigentes, y cuando ella sintió que tomaba delicadamente entre sus dientes uno de sus pezones, se arqueó instintivamente hacia él en una postura claramente invitadora.

–Por favor... –rogó, aunque no sabía si lo que quería era que siguiera o que parara, pues temía desmayarse a causa de la intensidad del placer que estaba experimentando.

Las atormentadoras manos de Antón descendieron para acariciarle la parte interior de los muslos y deslizarse bajo sus braguitas de seda, única prenda que aún llevaba puesta.

La vergüenza que había temido sentir al verse expuesta de aquella manera fue arrastrada por la marejada de las sensaciones que estaba experimentando. Aquello era lo que quería, lo que necesitaba, lo que...

Su mente estalló en una explosión de erótico placer cuando la mano de Antón encontró el punto más sensible de su feminidad. Las caricias provocaron en ella un jadeo incontrolado mientras movía las caderas convulsivamente y hacía esfuerzos por presionarse contra el excitante y hábil dedo de Antón. Una oleada tras otra de ardiente placer recorrió su cuerpo, dejándola débil y floja, desorientada...

En aquel momento, Antón la cubrió con su cuerpo y le hizo separar las piernas y, cuando el palpitante poder de su erección buscó la cálida y deslizante oscuridad del sexo de Skye, ya no hubo tiempo para dudas o temores, para preocuparse por su falta de experiencia.

El momento de la posesión fue tan rápido, tan seguro, que el único indicio de que aquélla era su primera vez fue un pequeño gemido de protesta. Por un instante, Skye abrió los ojos y, cuando vio la pasión que reflejaban los del hombre que acababa de hacerla suya, el resto del mundo desapareció a su alrededor.

Pero entonces él empezó a moverse dentro de ella, profundamente, con fuerza; cada empujón acrecentó la intensidad de las sensaciones de Skye, hasta que pensó que su cerebro iba a disolverse en el infierno de placer que se había adueñado de ella.

Echó la cabeza atrás, con la boca ligeramente entreabierta a causa de los jadeos, mientras toda su concentración se hallaba en el centro vital de su ser.

Estaba ascendiendo de nuevo, más y más, hacia una cima que no sabía que existía pero que había estado buscando instintivamente. Y en el instante en que la alcanzó sintió que abandonaba su cuerpo y flotaba en medio de un estallido de luz hasta perderse en la inconsciencia de un éxtasis total.

Un momento después Theo se unió a ella con un intenso y prolongado gemido de placer. Después él también perdió la conciencia de todo excepto del cuerpo de la mujer que apresaba su sexo en su cálido interior.

Fue una inconsciencia de la que apenas salió a lo largo de la noche porque, cada vez que se movía y se encontraba con la suave y tentadora forma de la mujer que estaba a su lado, la magia se manifestaba de nuevo y los hacía surgir de las profundidades de su sueño para volver a unir íntimamente sus cuerpos en una danza primitiva y casi salvaje que los dejaba nuevamente sumidos en la inconsciencia.

Hasta que, finalmente, el agotamiento reclamó sus cuerpos, haciéndoles sumirse en un sueño tan profundo que Theo ni siquiera se movió cuando, al

amanecer, Skye logró a base de verdaderos esfuerzos salir de la cama.

Ni siquiera fue capaz de mirar a Theo mientras
se vestía rápidamente. No quería irse. Sus ojos se
llenaron de lágrimas al imaginar el momento en
que saldría de allí, de aquella anónima habitación
que había sido como un trozo de paraíso para ella.
Tenía que abandonar el maravilloso sueño que había conocido por una noche para volver al frío y
cruel mundo que la aguardaba fuera.

La realidad volvería a cerrarse en torno a ella y
aquella noche se convertiría en un simple recuerdo.

Ni siquiera se atrevió a besar a Theo en la frente
por temor a despertarlo. No habría podido soportar
la mirada de los ojos en los que se había perdido
aquella noche.

Si se hubieran conocido en otras circunstancias, en
otra época, tal vez habría existido la posibilidad de un
futuro para su relación. Tal vez habrían podido...

¡No!

Skye trató de dejar de pensar en aquello, pues
sabía que sólo serviría para debilitar la firmeza de
su resolución. Debía irse cuanto antes.

Sin molestarse en ponerse las medias, se calzó,
tomó su chaqueta y su bolso y miró rápidamente a
su alrededor para asegurarse de que no olvidaba
nada que pudiera delatarla.

Pero lo cierto era que dejaba detrás una parte vital de su alma.

Capítulo 4

ATERRIZAREMOS en cinco minutos, señor.

–Gracias –dijo Theo a su piloto con un asentimiento de cabeza, aunque no habría necesitado la información. Ya sabía lo cerca que estaban de Helikos, la pequeña isla privada de su padre.

La isla que había sido su hogar mientras crecía. Cuando estudiaba en Inglaterra y volvía allí a pasar los veranos, siempre solía dar un grito de alegría para celebrar que por fin empezaban las vacaciones.

Pero en aquella ocasión ni siquiera sonrió al ver la isla y experimentó una complicada mezcla de sentimientos mientras se acercaban. Regresaba a Helikos tras una larga ausencia de cinco años, pero la isla ya no era un verdadero hogar para él. La ruptura con su padre se había ocupado de ello. Además, había que tener en cuenta a la nueva esposa... una complicación de la que habría preferido librarse. Aunque, por lo que había oído, aquel matrimonio no era precisamente por amor, sino que se trataba más bien de un acuerdo de negocios.

–No creo que vaya a encontrar la isla muy cambiada.

La voz del piloto volvió a interrumpir los pensamientos de Theo.

–Dudo que haya cambiado en lo más mínimo.

Theo no se encontraba de humor para hablar; de hecho, no le apetecía estar allí. Y le apetecía aún menos conocer a la última fulana de su padre y ser amable con ella. Cyril Antonakos no era precisamente conocido por elegir a las mujeres más inteligentes y, a menos que hubiera cambiado mucho en los últimos cinco años, el encuentro de aquella noche iba a suponer toda una prueba de resistencia.

Especialmente porque la mente de Theo no iba a estar precisamente centrada en Helikos.

Desde el momento en que, una semana atrás, había despertado y se había encontrado sólo en la habitación del hotel, no había sido capaz de apartar a aquella misteriosa Skye de sus pensamientos. Había pasado la semana tratando de encontrar algún rastro de la mujer que había pasado aquella increíble noche con él, pero prácticamente carecía de pistas y no había tenido ningún éxito. Más le valía olvidar todo el asunto y sacarla definitivamente de su cabeza.

Pero en una sola noche había logrado introducirse bajo su piel y no lograba olvidarla. Ni siquiera en sueños se veía libre de las eróticas imágenes de la noche que compartieron.

Si hubiera podido habría puesto alguna excusa

para no acudir a la isla, pero la separación entre su padre y él ya había durado demasiado. Si Cyril estaba dispuesto a ofrecer una rama de olivo, por poco entusiasta que fuera, él estaba dispuesto a aceptarla.

La casa estaba tal y como la recordaba. En lo alto de un acantilado, la blanca construcción se hallaba sobre una vasta extensión de terreno con dos niveles, cada uno de ellos con una larga barandilla desde la que era posible disfrutar de unas vistas impresionantes del mar. Un arco lateral daba a un patio empedrado en el que había una piscina oval y una pequeña casa destinada a los invitados.

La puerta se abrió cuando Theo aún no la había alcanzado y una mujer pequeña, regordeta y de pelo cano, salió rápidamente a recibirlo.

—¡Señorito Theo! ¡Bienvenido! ¡Es una alegría tenerte de vuelta!

—Amalthea...

Theo se sometió gustoso al exuberante abrazo de la pequeña mujer que había sido su niñera mientras crecía. Su madre murió cuando él era un niño y Amalthea era lo más parecido a una madre que había conocido.

—¿Dónde voy a alojarme? ¿Me has instalado en mi antigua habitación?

La mirada de Amalthea se ensombreció.

—Tu padre me ha dicho que te alojara en la casa de la piscina.

De manera que la rama de olivo no era tan definitiva como había creído, pensó Theo con un gesto de resignación. No era precisamente fácil querer a su padre. Se ofendía fácilmente y era capaz de guardar rencor durante mucho tiempo.

—¿Quién está en mi dormitorio? —preguntó, extrañado. La boda no iba a tener lugar hasta finales de mes y dudaba que los invitados hubieran llegado ya.

—La nueva *Kyria* Antonakos.

—¿La prometida de mi padre? —de manera que su padre y su prometida no compartían el dormitorio. Eso sí que era una sorpresa.

—¿Cómo es?

—No es como las otras. Pero es muy guapa.

—Siempre son guapas —comentó Theo cínicamente—. Por eso las elige. ¿Está mi padre en casa?

—Ha tenido que ir al pueblo —dijo Amalthea—. Pero volverá esta tarde a tiempo para cenar. Su prometida está en casa. ¿Quieres...?

—Oh, no —dijo Theo rápidamente, incluso antes de que Amalthea hubiera sugerido nada—. Prefiero esperar a la comida.

Así podría librarse de ambos incómodos encuentros a la vez. Tal vez sería más fácil tratar de mantener una conversación intrascendente con la prometida de su padre que con éste.

—Voy a deshacer mi equipaje y a instalarme; puede que luego nade un rato —Theo se estiró lentamente para aliviar su agarrotada musculatura después del viaje desde Londres–. Es un placer estar de vuelta en casa.

De manera que aquél iba a ser su hogar.

Skye se apartó de la ventana y se sentó en el borde de la cama mientras hacía esfuerzos por contener las lágrimas.

Aquellos días siempre estaba a punto de llorar. Aún no había logrado asimilar la situación. No podía creer que aquél fuera a ser su futuro.

Pero quedarse allí rumiando sus pensamientos no iba a servirle de nada. Debía salir en algún momento de la habitación para conocer la casa. A fin de cuentas, allí era donde iba a vivir.

Aquel pensamiento sólo sirvió para que se acrecentara su sentimiento de irrealidad. Por bonita que fuera, aquella casa no tenía nada que ver con el hogar que había dejado en Suffolk. Pero no iba a quedarle más remedio que adaptarse a ella.

Resultaba irónico pensar que siempre había soñado con visitar durante unas vacaciones Grecia y sus islas, con disfrutar de su sol, su mar, de las casitas blancas que había visto en tantas fotografías. Y su sueño se había hecho realidad... pero había resultado ser una pesadilla. Una pesadilla de la que no se libraría al despertar.

Pero al menos tenía el sol. Había brillado todo el día. Y más allá de la ventana estaba el mar, de un increíble color azul turquesa. Y vivía en una de las casas blancas... en una enorme casa blanca que odiaba.

Se sentía sola y aterrorizada ante lo que le aguardaba.

Y no tenía escapatoria.

—¡Oh, papá! ¿Por qué tuviste que ser tan estúpido? ¿Cómo pudiste complicar las cosas de ese modo?

Si al menos no hubiera cometido la locura de la semana anterior... si no hubiera cedido al absurdo impulso de disfrutar de una última noche de libertad...

Y, sobre todo, si no hubiera conocido a aquel hombre devastador llamado Antón, que la había llevado a la cama para hacerle disfrutar de una memorable noche de pasión... Probablemente, la única noche de pasión que iba conocer en su vida, una noche que nunca olvidaría.

Y jamás olvidaría al hombre con el que la había compartido.

Y, debido a ello, la situación en que se encontraba era aún peor. Por unos momentos había atisbado la posibilidad de un futuro muy diferente al que le aguardaba, un futuro que le había sido arrebatado para siempre.

Pero no le quedaba más remedio que enfrentarse a la realidad... aunque sintiera que su corazón fuera a romperse a causa del esfuerzo.

—¡Vamos, Martson! —se dijo casi con rabia—.

Contrólate. ¡Vas a tener que esforzarte para que todo vaya lo mejor que sea posible!

Al menos podía mantenerse ocupada.

Antes de irse, Cyril le había dicho que se sintiera como en su casa y le había sugerido que utilizara la sala de cine o la piscina si le apetecía.

La piscina. Ahí estaba la respuesta. Un poco de ejercicio le vendría bien para distraerse y superar la larga tarde que se avecinaba. Y, si tenía suerte, se cansaría lo suficiente como para lograr dormir un poco en lugar de pasarse la noche dando vueltas, incapaz de dormir a causa de los recuerdos de su noche de pasión.

Theo apenas tardó unos minutos en deshacer su equipaje. Hacía una tarde calurosa y la idea del agua fresca y cristalina de la piscina resultaba tentadora, de manera que, tras ponerse su bañador negro salió al exterior.

Lo que no esperaba era que hubiera alguien más en la piscina. La sorpresa le hizo detenerse y entrecerrar los ojos mientras contemplaba la escena que se desarrollaba ante él.

Una esbelta forma surcaba el agua de un extremo a otro de la piscina. Una esbelta forma femenina con un ceñido bañador blanco. Los más probable era que se tratara de la prometida de su padre. Apenas podía verla, pues en aquellos momentos se alejaba de él y el agua la cubría en gran parte. Captó un destello de pelo negro, la imagen de unas piernas muy bien formadas agitándose en el agua, de un trasero firme y...

¿Pero qué estaba haciendo? No podía tener pensamientos como aquéllos respecto a la prometida de su padre... la mujer que iba a convertirse en su madrastra a finales de aquel mes.

¿Pero sería aquélla realmente la nueva prometida de su padre? Porque parecía mucho más joven de lo que había anticipado. Probablemente sería la hija de la futura esposa de su padre

Fuera quien fuese, lo cierto era que, inquietantemente, le había hecho pensar en la misteriosa Skye...

Pero más le valía presentarse. No quería dar la impresión de ser un mirón.

–*Kalimera*.

La mujer no escuchó su saludo. Probablemente tenía agua en los oídos. O tal vez no comprendía el griego. Sonrió con cinismo. El hecho de que ni siguiera supiera de dónde era la nueva prometida de su padre suponía un revelador indicio de hasta qué punto se habían deteriorado las relaciones entre ellos.

–Buenas tardes –saludo en inglés mientras ella se frotaba el agua de la cara tras alcanzar el otro extremo de la piscina–. Creo que debería presentarme...

Fue su repentina quietud lo que le hizo comprender que algo andaba mal, lo que le hizo observarla más atentamente.

¿Qué había dicho para que pareciera tan sorprendida?

Incluso desde donde estaba podía notar la fuerza exagerada con que se estaba sujetando con una mano al borde de la piscina.

Aquella mano...

De pronto se sintió como si acabaran de darle una patada en el estómago.

Una fría y húmeda noche en Londres. Un pub lleno de humo. La risa de dos hombres...

—¡Cielo santo! ¡No!

Tenía que estar imaginando cosas. ¡No era posible!

Pero el sol ya empezaba a calentar el pelo de la mujer y su tono oscuro fue transformándose hasta revelar un matiz claramente pelirrojo.

Theo negó firmemente con la cabeza, incapaz de creer lo que estaba viendo, lo que sospechaba.

—¡No!

No podía ser cierto.

Pero si no lo era, ¿por qué permanecía ella como paralizada, con la cabeza vuelta y aún aferrada al borde de la piscina? ¿Por qué no se volvía y lo miraba?

No era... no podía ser...

—¿Skye?

Desde el instante en que había escuchado aquella voz, Skye se había quedado petrificada, incapaz de moverse.

—Buenas tardes —había dicho, y había sido como

si una mano cruel le hubiera hecho volver atrás en el tiempo, arrastrándola en un torbellino de recuerdos que habían paralizado su mente y desgarrado su alma.

No era la primera vez que escuchaba aquella voz rica y ligeramente ronca, con aquel precioso acento... Era la voz de Antón, ¿pero cómo era posible que la hubiera escuchado allí?

¡Tenía que estar imaginándolo! No podía haberla escuchado. Él no podía estar allí. El destino no podía ser tan cruel.

Pero cuando había dicho «creo que debería presentarme», el mundo parecía haberse descentrado de su eje y la cabeza había empezado a darle vueltas. Su visión se había nublado y el estómago se le había encogido a causa del pánico.

Y entonces había sucedido lo peor de todo. ¡La había llamado por su nombre! Como lo había hecho innumerables veces «aquella» noche.

¿Antón?

No se atrevió a decir su nombre en alto, temiendo tentar al destino si lo hacía.

—¿Pero qué diablos pasa aquí?

La tensa y enfada pregunta hizo que Skye se volviera, incapaz de contener el suspense por más tiempo. ¡Tenía que saber la verdad!

Él estaba al borde de la piscina, con las manos en las caderas. Tenía el sol a sus espaldas, de manera que Skye tuvo que entrecerrar los ojos para verle el rostro. Pero ya sabía la verdad, y su corazón estaba latiendo tan rápido que apenas podía respirar.

Tal vez debido a ello, o porque el sol la estaba deslumbrando, algo le hizo caer. Alargó la mano hacia el borde de la piscina, pero no logró aferrarse a él y se hundió bajo el agua.

Un momento después sintió que el agua se agitaba a su lado y unos fuertes brazos la sacaban a la superficie. Sin tiempo para pensar, notó que la arrastraban hacia la zona de la piscina que no cubría y la sujetaban mientras trataba de recuperar la respiración.

—Tranquila. Respira profundamente.

Skye se dijo que respiraría si le fuera posible, pero lo de tranquilizarse iba a ser imposible.

Ya no necesitaba mirarlo al rostro para saber que era Antón. A pesar de haber pasado una sola noche con él, conocía tan íntimamente su cuerpo que nunca podría confundirlo con otro.

No supo si fue debido a su cercanía, o a su repentina aparición, pero de pronto empezó a temblarle todo el cuerpo.

—Gracias —logró murmurar.

—De nada —replicó él con suavidad, aunque su sombrío tono hizo que Skye volviera el rostro hacia él mientras la sacaba en brazos de la piscina para dejarla en el borde junto a una tumbona.

Skye tuvo que hacer verdaderos esfuerzos para no acurrucarse contra él, para no rodearlo por el cuello con los brazos...

Pero sabía que aquello estaba prohibido para ella. Perdió aquel derecho en el momento en que cerró a sus espaldas la puerta de la habitación de aquel hotel y se marchó.

Antón nunca llegaría a saber cuánto le costó hacerlo, cuánto habría querido quedarse. Una parte de su corazón se quedó con él, aunque él nunca lo sabría. Y en cuanto dedujera por qué estaba allí, no querría saber nada ella.

Sosteniéndola con una mano, Theo tomó una toalla cercana y empezó a secarla. Sus movimientos eran enérgicos y impersonales, y Skye sintió que el estómago se le cerraba cuando dedicó una rápida mirada a su rostro. Su tensa expresión indicaba que estaba haciendo esfuerzos por mantenerse en silencio. Pero sólo estaba esperando a que se recuperara.

¿Y entonces?

Aquel pensamiento le hizo estremecerse de nuevo y dejó escapar un involuntario gemido de protesta cuando el aumentó en exceso la presión de la toalla sobre su delicada piel.

—*Sighnomi*...

Theo se disculpó distraídamente, dejó la toalla a un lado y luego miró a Skye de arriba abajo. Cuando detuvo la mirada en su rostro, ella sintió que todo su valor la abandonaba.

Su expresión decía que ya había esperado suficiente. Había llegado el momento de las explicaciones.

Capítulo 5

TENEMOS que hablar.

Theo no supo bien cómo, pero logró controlar el tono de su voz a pesar de la agitación que sentía.

Quería saber qué diablos estaba pasando allí. ¿Cómo era posible que la mujer que había visto por última vez en la habitación de un hotel en Londres estuviera allí, en Helikos, en la casa de su padre, en su piscina?

Pero le habría resultado mucho más fácil pensar si al menos hubiera estado vestida.

—¿No tienes un albornoz o algo que ponerte?

—No... no tengo frío.

—No es en tu temperatura en lo que estoy pensando.

Theo se hizo consciente de la ferocidad con que había hablado al ver que Skye daba un paso atrás a la defensiva.

Pero lo cierto era que, a pesar de que había tratado de convencerse de que estaba exagerando el recuerdo de su atractivo, la realidad superaba a sus recuerdos.

Una imagen de Skye rodeándolo por las caderas con sus largas piernas mientras cerraba los ojos y se entregaba a las delicias de un intenso orgasmo estuvo a punto de hacer estallar su cabeza.

—Podríamos hablar más racionalmente si estuvieras más... respetablemente vestida.

Un destello de desafío iluminó los ojos de Skye.

—¿Acaso crees que tu vestimenta es mucho más decorosa? —espetó.

—¿Es una forma de decir que no te fías de ser capaz de mantener las manos alejadas de mí? —dijo Theo desdeñosamente—. Porque tendrás que disculparme si no te creo. No tuviste ningún problema en salir de mi cama aquella noche...

—«Aquella noche» fue un error que lamentaré siempre.

—No tanto como yo, te lo aseguro. No soy aficionado a las aventuras de una noche y si hubiera sabido que ibas a desaparecer así me habría replanteado la situación. Y ahora te encuentro nadando en la piscina de mi padre...

—En ningún momento traté de engañarte. Te dije exactamente lo que... —Skye se calló bruscamente al darse cuenta de lo que acababa de oír. De pronto se puso pálida como un fantasma—. ¿Tu padre? —repitió, incrédula.

¡Aquello no podía ser real! ¡No podía estar pasando!, pensó, desesperada. Antón no podía haber dicho «la piscina de mi padre», porque eso lo convertiría en el hijo de Cyril... el hijo del hombre con el que tenía que casarse, el hombre que tenía el destino de su familia en sus manos.

Se pellizcó un brazo a la vez que rogaba para despertar de aquella pesadilla. Pero no sucedió nada, por supuesto. Un instante después seguía allí, bañada por la luz del sol de Grecia.

Y Antón estaba ante ella, grande, moreno, peligroso...

—Pero dijiste que te llamabas Antón —dijo con un hilo de voz.

La expresión de Antón no cambió mientras seguía mirándola con expresión pétrea sin decir nada.

Antón... Antonakos. Skye comprendió de pronto y sintió que la cabeza volvía a darle vueltas.

—¡Me mentiste!

Él se encogió de hombros.

—Digamos que fui parco con la verdad. Es una política que suelo seguir hasta que conozco los verdaderos motivos de las personas con que me relaciono. Además, fuiste tú la que insistió en que no nos diéramos los apellidos.

Aquello era cierto, y reconocerlo no hizo que Skye se sintiera mejor mientras se envolvía en la toalla que había llevado consigo. ¿Qué maligno destino la llevó a encontrarse con aquel hombre aquella noche? ¿Cómo tuvo la mala suerte de entrar precisamente en el pub en que se encontraba el hijo de Cyril?

¿Y qué hacía él en Londres? Lo único que sabía

sobre Cyril y su hijo era que hacía tiempo que no se trataban. ¿Estaría al tanto de la verdad?

—Yo al menos te di mi nombre verdadero —dijo—. Soy Skye Martson.

Skye no captó ninguna reacción especial en su expresión. ¿Sería posible que Cyril no le hubiera dicho nada?

—Theodore Antonakos —replicó él con total frialdad—. Normalmente me llaman Theo —añadió con una expresión burlona—. ¿Y ahora qué? ¿Nos estrechamos las manos y empezamos desde el principio?

—Creo que podemos saltarnos lo de estrecharnos las manos —la mera idea de tocarlo aterrorizaba a Skye. No había olvidado el poder que tenían aquellas manos sobre su cuerpo—. Eso ya lo hicimos.

—Y mucho más —replicó él, y el brillo de los ojos de Theo hizo saber a Skye que recordaba cada instante de aquella noche.

Como ella.

Aquella noche estaba grabada en su mente en imágenes de fuego.

—Preferiría olvidarme de eso —murmuró.

—Seguro que sí —replicó él con una mirada fría como el hielo—, pero debo decirte que yo no siento lo mismo —añadió a la vez que alzaba una mano y deslizaba los dedos por el cuello de Skye hasta detenerlos en el borde de la toalla con que se había envuelto—. Lo cierto es que me encantaría repetir la experiencia.

Skye cerró un momento los ojos para controlar el impulso de responder a sus caricias, pero no pudo hacer nada para evitar que sus pezones se excitaran. Un calor que nada tenía que ver con el sol recorrió sus venas como lava ardiendo.

–En ese caso te va a tocar una larga espera. Ya te dije que sería una aventura de una sola noche.

–También me dijiste nunca llegaríamos a saber nuestros apellidos, que nunca volveríamos a vernos. Y yo te dije que nunca tenía aventuras de una noche. Es una norma personal.

–Pues me temo que en esta ocasión vas a tener que romper tu norma, porque no tengo ninguna intención de renovar nuestra... relación. Una noche fue más que suficiente para mí, y así es como quiero que sigan las cosas.

–Ah, ¿sí? –Theo se cruzó de brazos y la miró de arriba abajo con expresión despectiva–. Eso ya lo veremos.

Antes de que Skye se diera cuenta de cuáles eran sus intenciones, la tomó por la barbilla y le hizo alzar el rostro hacia el suyo. Sólo tuvo un segundo para reconocer lo que pretendía.

Aún estaba abriendo la boca para protestar cuando él la acalló con sus labios.

Como beso, fue cruel y desapasionado, pero como acto de castigo por rechazarlo fue perfecto. No hubo calidez ni afecto en él; tan sólo un frío empeño en demostrar quién controlaba la situación.

Pero las cosas no pararon ahí.

Porque algo sucedió en el momento en que sus labios se tocaron. Algo que cargó el ambiente, que transformó la verdad de aquel beso en algo nuevo y diferente.

En un instante pasaron del intento de control al descontrol. El deseo despertó exigiendo ser satisfecho. Skye se apoyó contra la dura figura de Theo, que la rodeó con sus brazos, aprisionándola contra sí. Sus pieles parecieron fundirse mientras el latido de sus corazones se unía para crear un ritmo frenético. Sus agitadas respiraciones se transformaron en un solo jadeo...

–Skye... preciosa... *agape mou*... –la voz de Theo surgió ronca de deseo mientras retiraba la toalla que la cubría–. Puede que tú hayas tenido suficiente, pero yo no. Quiero esto...

Skye sintió que el calor del cuerpo de Theo traspasaba la tela de su bañador blanco y la incendiaba. Sólo fue capaz de gemir cuando sintió que tomaba en una mano uno de sus pechos y le acariciaba el pezón con el pulgar.

–Oh, sí –murmuró él mientras deslizaba uno de los tirantes del bañador de Skye por su hombro para dejar expuesto su pecho. Luego, mientras sostenía éste en una mano, se inclinó y tomó el pezón entre sus labios.

Skye echó atrás la cabeza y gimió.

–Esto es lo que quiero –murmuró él–. Y también es lo que quieres tú. Lo que ambos deseamos más que nada en el mundo. No podemos luchar contra ello.

La única respuesta que Skye logró formular fue un indeterminado sonido que pudo ser tanto de aceptación como de rechazo, pero que Theo interpretó como de aceptación.

–Ven conmigo, preciosa. Ven conmigo ahora...

–¡No!

Skye no supo con exactitud qué le hizo salir de la fantasía en que había caído. No supo si fue un inesperado sonido lo que interrumpió su delirio o el frío que sintió en el pecho cuando Theo apartó su boca.

–¡He dicho que no!

La desesperación le dio la fuerza necesaria para apartar a Theo de un empujón de su lado.

Él se recuperó de la sorpresa en un segundo y sus ojos centellearon de rabia.

–¿Qué quieres decir?

Darse cuenta de lo cerca que había estado de cometer un completo desastre hizo que Skye estuviera a punto de dejarse dominar por el pánico, pero al menos logró mantener cierto control sobre su voz.

–He dicho que no –repitió–. ¿Qué parte no has entendido? Puede que seas griego, pero tu inglés es muy bueno. ¡Sabes perfectamente lo que he querido decir!

–Sé lo que has dicho... pero no es eso lo que querías decir. Y no necesito saber inglés para diferenciar entre ambas cosas. Tengo otros medios para interpretar eso.

–¿Otros medios? –repitió Skye, aturdida, hasta que Theo dedicó una reveladora mirada a sus pechos. La evidencia de sus excitados pezones contra la tela del bañador estaba allí expuesta para quien quisiera comprobar el deseo que había despertado en ella con sus caricias. Un deseo que aún seguía en su interior, haciéndole casi imposible pensar.

Pero tenía que pensar. Debía dejar de sentir y debía obligarse a pensar en lo que de verdad importaba. Había estado a punto de estropearlo todo, de destruir la oportunidad de rescatar a su familia del desastre total al que se enfrentaba. El hombre que tenía ante sí, alto, fuerte, con su sedoso pelo negro iluminado por el sol y la bronceada piel de su rostro y su pecho podía ser todo lo que deseaba en el mundo en aquellos momentos, pero debía apartar aquel indulgente sentimiento de sí y pensar.

Y lo que debía pensar era que aquello no debía ni podía pasar.

Si quería salvar a su familia, Theo Antonakos estaba prohibido para ella.

De manera que volvió a colocar el tirante del bañador sobre su hombro, se cubrió con la toalla lo mejor que pudo y se obligó a mirar el furioso rostro de Theo con algo parecido a la calma.

–Me dan igual tus «otros medios» –dijo con toda la frialdad que pudo–. He dicho no, y punto. ¿Lo has captado? Estoy diciendo no y quiero decir no.

La furia que brilló en la mirada de Theo hizo que Skye se estremeciera. Luego vio que movía la cabeza e imponía un grado de control sobre sus acciones que no tuvo más remedio que admirar.

Pero si Theo había logrado controlar sus impulsos físicos, aún no había contenido su lengua.

—Has dicho que no, cariño —dijo con brutal cinismo—, pero has tardado mucho en hacerlo. ¿Qué te ha hecho rechazarme? ¿Temías que alguien nos viera? ¿Tu mamá, por ejemplo?

—¿Mi mamá? —repitió Skye, desconcertada.

—Porque si se trata de eso, ángel mío, no tienes por qué preocuparte. Estoy seguro de que se siente feliz por nosotros.

—¿Feliz?

¿De qué estaba hablando? Skye se sentía cada vez más confundida. ¿Qué tenía que ver su madre con aquello? ¿Acaso Theo sabía...?

—Así la cosa queda en familia, diríamos. Tu madre, mi padre... tú y yo.

«Tu madre, mi padre...»

Horrorizada, Skye comprendió que Theo pensaba que su madre era la prometida de su padre.

—¿Y bien?

El silencio y la expresión anonadada de Skye desconcertaron a Theo. Habría entendido el enfado o el desafío, pero Skye parecía haber perdido de pronto toda su energía, lo que resultó decepcionante.

Estaba deseando tener una pelea. Lo estaba deseando desde que había tratado de convencerlo de que ya no lo deseaba. Le había dolido en su orgullo que se hubiera negado con tanta firmeza, sobre todo cuando la tensión de su sensual cuerpo y el brillo de sus ojos grises revelaban claramente que estaba mintiendo.

Pero en aquellos momentos lo estaba mirando con los ojos abiertos de par en par, como si le hubieran salido dos cabezas.

–¿Y bien? –repitió–. ¿No tienes nada que decir?

–Yo... –empezó Skye, pero enseguida volvió a enmudecer.

Theo tuvo que contenerse para no tomarla por los brazos y zarandearla.

–Skye...

Acababa de empezar a hablar cuando otra voz llegó hasta ellos desde la casa.

–¡Theo! ¡Ahí estás! Amalthea acaba de decirme que habías llegado.

Sorprendido, Theo masculló una maldición. Lo último que quería en aquellos momentos era que apareciera su padre por allí.

Tras cinco años sin hablarse ni verse, su reencuentro con Cyril ya iba a ser lo suficientemente incómodo sin testigos. No le apetecía que hubiera nadie más presente, y menos aún Skye.

–*Pateras*.

Un repentino movimiento llamó su atención y apartó la mirada de su padre. Skye había tomado la toalla del suelo y se la estaba poniendo precipitadamente en torno al cuerpo. Aquel inesperado recato lo sorprendió. Al igual que su intensa palidez. La sangre parecía haber abandonado por completo su rostro.

–¿Skye? –murmuró preocupado, en tono lo suficientemente bajo como para que su padre no lo oyera. Theo sabía mejor que nadie lo difícil y autoritario que podía ser su padre en sus relaciones profesionales y con otros hombres. Pero con las mujeres, especialmente con las jóvenes y atractivas, normalmente se mostraba encantador, de manera que no creía que fuera él la causa de la palidez de Skye.

Pero Skye ya se había vuelto hacia Cyril y en aquellos momentos no podía verle el rostro.

–De manera que ya os habéis conocido.

Si sucedía algo malo, Cyril no debía ser consciente de ello, pues sonrió mirando directamente a Skye. La mirada que dedicó a su hijo fue menos cálida, pero estrechó la mano que éste le ofreció.

–Me alegra volver a tenerte bajo mi techo, muchacho –saludó, enfatizando la última palabra.

Theo apretó los puños. Su padre nunca había aceptado que hacía tiempo que había madurado. Aquélla había sido una de las causas de su distanciamiento.

Pero se habría prometido a sí mismo esforzarse por mantener la calma.

–No quería perderme la boda.

–Por supuesto que no. Y tenías que conocer a tu

nueva madrastra... algo que veo que ya ha sucedido.

Theo sintió que la cabeza empezaba a darle vueltas mientras se esforzaba por encontrar sentido a lo que acababa de decir su padre. No tenía lógica... a menos que...

¡No! ¡No era posible! Su mente se negaba a aceptar lo que estaba pensando. Era imposible... tenía que serlo.

Pero su padre acababa de pasar el brazo en torno a la cintura de Skye y le había hecho volverse hacia él.

—De todos modos, voy a hacer las presentaciones formales.

«¡No!», quiso gritar Theo con todas sus fuerzas para que no sucediera lo que se avecinaba. Quiso cubrir la boca de su padre con las manos para impedirle hablar, para no escuchar lo que iba a decir...

Pero Skye parecía haberse puesto aún más pálida, y sus grandes ojos grises miraban a cualquier parte excepto a él mientras Cyril seguía con sus presentaciones, totalmente ajeno al impacto que estaban teniendo sus palabras.

—Theo, quiero que conozcas a Skye Martson, que muy pronto se convertirá en Skye Antonakos. Tu futura madrastra, y mi prometida, por supuesto.

Capítulo 6

SI LAS MIRADAS hubieran podido matar, ella habría muerto una docena de veces aquella noche, pensó Skye mientras simulaba una vez más comer un poco de su plato. Tenía la sensación de que el destello de furia que había en la mirada del hombre sentado frente a ella podría reducirla a cenizas.

Habría dado cualquier cosa por poder correr a refugiarse en su dormitorio.

Pero no había escape. Cyril Antonakos tenía por costumbre celebrar todas las noches una cena formal y le gustaba que sus familiares e invitados asistieran vestidos para la ocasión. De manera que Skye se había visto obligada a ponerse el elegante vestido de seda que él había elegido para ella y luego había acudido a someterse a la tortura de la cena.

Y mientras comían, Theo Antonakos no había dejado de mirarla como un halcón acechando a su presa, esperando el momento oportuno para atacar.

A Skye le había sorprendido que no la hubiera denunciado de inmediato a su padre al darse cuenta de quién era. Pero, para su asombro, Theo no había dicho nada. Debía tener una voluntad de acero para haber controlado su furia como lo había hecho.

–La señorita Martson y yo acabamos de presentarnos –había dicho con una calma que había asombrado a Skye–. Eres un hombre afortunado por tener una prometida tan guapa, papá.

Y entonces, cuando menos lo esperaba, la había desconcertado aún más ofreciéndole la mano.

–Es un placer conocerte.

Skye aceptó su mano mientras Cyril asistía orgulloso al que creía primer encuentro entre su prometida y su hijo. ¡Qué rápido habría desaparecido aquella sonrisa si hubiera sabido que ya se conocían!

El mero hecho de pensar en ello hizo que la mano de Skye temblara violentamente en la de Theo, en cuyos negros ojos creyó captar un mensaje despiadado. «Podría destruirte con la misma facilidad que podría aplastarte la mano», parecía decir. «Y lo haré cuando me venga en gana».

Después, mientras se preparaba para la cena, Skye no había dejado de temer que Theo aprovechara el momento para revelar la verdad a su padre.

Pero, al parecer, Theo no había dicho nada. De lo contrario, Cyril no habría acudido a recibirla con una sonrisa para darle su habitual beso en la mejilla y ofrecerle una bebida.

–Esta noche vamos a tomar champán, querida. A fin de cuentas, estamos celebrando la ocasión.

–El regreso del hijo pródigo –comentó Theo con sequedad–. Y para celebrar tu llegada a la familia, por supuesto –añadió con una sonrisa, pero el hielo de su mirada y la velada amenaza de su tono hicieron estremecerse a Skye.

Como resultado había estado en ascuas toda la velada, temiendo que Theo decidiera revelar en cualquier momento el oscuro secreto que lo destrozaría todo.

Pero al parecer había decidido tomarse su tiempo y durante la cena se dedicó a ocultar sus intenciones tras una sonrisa.

–¿Cómo os conocisteis? –preguntó inocentemente cuando terminaron de comer y mientras degustaba un vaso de vino.

Skye se volvió instintivamente hacia Cyril para que respondiera. Cuando éste le había hecho su propuesta de matrimonio había insistido en que debían mantener una discreción total respecto al asunto. Su matrimonio debía parecer auténtico y no debía mencionarse el acuerdo que había detrás, algo que había supuesto un alivio tanto para Skye como para su padre.

–El padre de Skye dirige un par de mis hoteles en Inglaterra –explicó Cyril.

–¿En Londres? –preguntó Theo, y Skye tembló, consciente de la dirección que estaban tomando sus pensamientos.

–No, en Suffolk –contestó su padre–. Forman parte del grupo, pero no están en la capital.

–Pero Suffolk no está lejos de Londres, ¿no? –preguntó Theo a la vez que volvía su penetrante mirada hacia Skye–. ¿Sueles ir a menudo a Londres?

–No. No suelo ir a Londres –logró decir ella a pesar de sentir que tenía los labios labrados en madera.

–¿Nunca?

Skye supo que debía andarse con cuidado si no quería que Theo se lanzara sobre ella como un águila sobre su presa. Pero aunque la tuviera con la espada contra la pared, no pensaba dejarse dominar por el pánico. Se jugaba nada menos que la libertad de su padre.

De manera que tomó su vaso, hizo girar un momento el vino en él y después miró a Theo directamente a los ojos.

–Por supuesto que voy a Londres de vez en cuando, pero no muy a menudo. Lo cierto es que ni siquiera recuerdo la última vez que estuve allí.

Su actitud desafiante llamó la atención de Theo, que alzó una ceja e inclinó levemente su oscura cabeza en reconocimiento del modo en que Skye había esquivado su ataque. No había duda de que Skye Martson era una gran actriz; tan buena que si no hubiera sabido lo que estaba sucediendo allí se habría quedado totalmente convencido de su actuación.

En las dos ocasiones que la había visto había sido media docena de mujeres distintas. Por lo visto cambiaba de personalidad y de comportamiento con tanta rapidez como se cambiaba de ropa.

Viéndola en aquellos momentos nadie habría pensado que se trataba de la misma criatura nerviosa y angustiada del pub de Londres, ni mucho menos de la apasionada mujer que había tenido en su cama aquella noche.

En aquellos momentos, con su vestido de seda azul, sus joyas y su maravilloso pelo sujeto en un moño, era la viva imagen de la elegancia y la relajación.

Pero no podía sentirse realmente relajada. Tenía que saber que su secreto compartido se hallaba entre ellos como una oscura sombra.

Se llevó la copa de vino a los labios, pero sólo simuló beber de ella. Ya tenía la mente lo suficientemente confusa. Sus pensamientos no habían dejado de dar tumbos desde que se había enterado de la verdad, y aún no había decidido qué hacer al respecto.

—¿No te gusta ir a los clubes y a los pubs?

—Skye no suele frecuentar esa clase de sitios —respondió Cyril por Skye—. Es una de las cosas que me atrajo de ella. Su inocencia. No es como la mayoría de las mujeres jóvenes de hoy en día.

En aquella ocasión, Theo no tuvo más remedio que tomar un largo trago de vino para contener la risa o evitar hacer algún comentario cínico.

De manera que tenía a su padre totalmente engañado. En realidad no tenía idea de cómo era su futura esposa.

De manera que, ¿por qué no se lo decía? ¿Por qué no abría la boca y pronunciaba las palabras?

«Tu prometida no es la mujer que crees».

Las palabras sonaron con tanta claridad en su

mente que por un momento temió haberlas pro-
nunciado en alto.

Pero enseguida comprobó que su padre seguía
totalmente despreocupado, ajeno a la granada
emocional que había estado a punto de estallar en
sus narices. Porque aquél habría sido el efecto que
habrían tenido las palabras de Theo. En un segundo, Cyril Antonakos habría pasado de ser el orgulloso y posesivo prometido de una bella y sexy
mujer mucho más joven que él a conocer la sórdida verdad.

—Su madre no ha estado bien de salud y Skye
pasa casi todo el tiempo en casa cuidándola.

«Excepto cuando decide salir a recorrer los
pubs de la zona para elegir desconocidos...»

Theo tuvo que morderse la lengua para evitar
pronunciar aquellas palabras.

Skye había bajado tímidamente la mirada y
Theo estuvo a punto de romper a reír. Como pose
era perfecta... pero el conocía la realidad.

De manera que, ¿por qué no le decía a su padre
que la mujer a la que tan inocente creía no lo era en
absoluto?

Porque si lo hiciera quedaría destruido para
siempre a ojos de su padre. Probablemente acabaría convirtiéndose en el malo de la película y Cyril
le daría la espalda definitivamente... y en esa ocasión sería para siempre. Pero él había prometido
que si su padre le ofrecía una rama de olivo la acep-

taría, que haría todo lo posible para salvar el abismo que se había abierto entre ambos.

Por eso estaba allí. Por eso había aceptado ser el padrino de la boda.

Pero también sabía cómo habría interpretado su padre todo aquello. Probablemente pensaría que había regresado porque pensaba que haciéndolo lograría que volviera a incluirlo en su testamento.

Si ése era el caso, le encantaría decirle a su padre que no necesitaba su dinero ni el de ningún otro. Afortunadamente, era capaz de ganarlo de sobra por su cuenta.

Pero lo de la isla era otro asunto. Helikos había llegado a Cyril a través de su primera esposa, la madre de Theo. Había pertenecido a su familia durante siglos y Calista Antonakos estaba enterrada allí. Theo sabía que tenía derecho a heredarla y lucharía por ella con todas sus fuerzas. Desde luego, no estaba dispuesto a perderla por causa de una de las cazafortunas que habían llamado la atención de su padre.

—Eso es poco habitual hoy en día —logró decir con calma—, pero lo cierto es que, después de haber conocido a tu encantadora prometida, puedo creer cualquier cosa de ella. Cuando nos hemos conocido le ha avergonzado claramente hallarse en bañador... a pesar de que éste era mucho más recatado que la mayoría de los que suelen usar las jóvenes hoy en día.

Skye estaba totalmente atenta a sus palabras mientras retorcía nerviosamente la servilleta entre sus manos. Era evidente que temía lo que pudiera decir, y aquel pensamiento produjo una intensa y oscura satisfacción a Theo.

—De hecho —continuó calculadoramente—, la semana pasada conocí a una chica de la edad aproximada de Skye y de una complexión física parecida... pero la falda que llevaba apenas existía. Probablemente enseñaba más carne que ella con el bañador esta tarde, de manera que no es de extrañar que se metiera en líos con algunos tipos del bar.

Skye ya había tenido suficiente. Dejó caer la servilleta en su regazo y enfrentó con valentía la burlona mirada de Theo.

—¡Precisamente por eso suelo evitar ir a los pubs! —dijo en tono desafiante—. Nunca se sabe qué clase de matones puede haber dentro ni cómo va a librarse una en ellos.

¡Matones! Theo no pudo evitar sentirse dolido. Dadas las circunstancias, había tratado a Skye con el máximo respeto aquella noche. Pero debía estar haciéndose la inocente para preparar el terreno en caso de que Cyril averiguara alguna vez la verdad.

Sintió que una intensa furia nublaba su mente y apretó con tal fuerza el vaso que sostenía en la mano que estuvo a punto de romperlo.

No podía seguir en la misma habitación con aquella bruja mentirosa. Tenía que salir de allí o iba a explotar. Si perdía el control arrastraría a Skye Martson consigo y perdería su última oportunidad de heredar Helikos. Y no estaba dispuesto a aquello.

No por una mujerzuela claramente experta en mentir.

—No te preocupes, porque de mí vas a librarte sin esfuerzo —dijo Theo en aparente son de broma a la vez que se ponía en pie—. Es obvio que querréis estar solos... y no me gusta molestar. Además, espero una llamada de una amiga.

Tan sólo iba a llamarlo su secretaria para ponerle al tanto de los avances de un contrato en que estaba trabajando, pero el infierno tendría que congelarse antes de que lo admitiera.

—De manera que os deseo una buena noche. Nos vemos por la mañana.

Theo se sintió orgulloso del modo en que salió del comedor, sin mirar atrás ni dar la más mínima muestra de que le importara nada.

Pero la verdad era muy distinta.

Porque, por mucho que se repitiera que había guardado silencio debido a Helikos, sabía que la verdad era mucho más complicada que eso. Desde aquella noche en Londres no había logrado apartar de su mente las eróticas imágenes de su encuentro con Skye... y temía que iba a costarle mucho conseguirlo.

Porque, a pesar de no querer pensar en aquellas imágenes, ni en ella, lo cierto era que no lograba pensar en otra cosa.

Capítulo 7

MÁS LE VALÍA enfrentarse a la realidad. No iba a poder dormir, admitió finalmente Theo.

Llevaba más de una hora dando vueltas en la cama y se sentía aún más despejado que cuando se había acostado... probablemente a causa de sus esfuerzos por no pensar en Skye Martson.

Finalmente decidió levantarse y ponerse el bañador. Se sentía inquieto y muy tenso. Tenía que hacer algo o iba a estallar. Y lo más sano que se le ocurría era hacer ejercicio.

Nadar bajo la luz de la luna resultó una experiencia relajante. No había nadie cerca y tan sólo se oía ocasionalmente el ulular de un búho. Nadó largo rato con poderosas brazadas, hasta que notó que empezaba a relajarse.

–Suficiente –murmuró tras hacer un último largo.

Con un poco de suerte, y si lograba dejar de pensar en Skye, por fin podría dormir un rato. Era más de la una, hora de irse a la cama.

Salió de la piscina, tomó una toalla y se encaminó hacia la entrada trasera de la cocina, secándose mientras avanzaba. Sin necesidad de mirar, alargó la mano hacia el interruptor...

Y se quedó petrificado en el sitio al ver la silenciosa figura femenina sentada a la mesa de la cocina, pálida, erguida, con las manos cruzadas sobre la mesa. Vestía unos vaqueros y una camiseta blanca y estaba descalza. Su magnífica melena pelirroja caía libre sobre sus hombros, no llevaba maquillaje y estaba maravillosa...

Tanto que Theo maldijo el vuelco que dio su corazón al verla. Instintivamente, cubrió con la toalla la parte delantera de su bañador para ocultar la evidencia de su inmediata excitación. ¿Cómo era posible que aún reaccionara así ante ella sabiendo lo que era?

¡Casi una hora nadando y aún se sentía así! No le iba a quedar más remedio que volver a la piscina.

Eso, o tomar una larga ducha de agua fría.

—¿Qué diablos haces aquí?

—Esperarte —dijo Skye suavemente—. Tenemos que hablar

—No «tenemos» que hablar. No tengo por qué hacer algo que no me apetezca, y no quiero hablar contigo.

Skye respiró profundamente y trató de relajar su mente.

—Necesito hablar contigo.

—Puede que sí... pero no veo por qué. Me parece que ya tomaste una decisión hace una semana, cuando decidiste utilizarme una noche para luego desaparecer de mi vida... y regresar a la cama de mi padre.

Aquello hizo que Skye alzara la cabeza bruscamente.

–¡Oh, no! Yo nunca... nosotros... Tu padre y yo no compartimos la cama. Y nunca lo...

Theo hizo un gesto casi brutal para que se callara.

–¡Ya basta! –dijo con aspereza–. No necesito tanta información. Aunque al menos así me libro de la preocupación de que mi padre pueda ponerse a aporrear la puerta de mi habitación en medio de la noche porque su prometida ha salido de su cama para mantener una cita con su hijo –su tono fue tan crudo que Skye se encogió en el asiento.

–Eso... no va suceder –susurró–. Tu padre está profundamente dormido. Le he oído roncando. Ha bebido bastante durante la cena.

–Yo también, pero eso no me ha garantizado una noche de sueño –Theo se frotó el pelo con la toalla y Skye no pudo evitar encontrar enternecedor el movimiento. Casi parecía un adolescente... Pero Theo Antonakos no era ningún adolescente, sino todo un hombre, duro y peligroso–. Si lo hubiera hecho no me habrías encontrado aquí –de pronto, frunció el ceño y dedicó a Skye una penetrante mirada de sus ojos negros–. ¿O acaso ése era el plan? Tal vez tenías intenciones de meterte en mi cama para...

–¡No! –Skye no podía permitir que acabara la frase–. ¡No era eso lo que pretendía! Como ya te he dicho, quiero hablar contigo.

Theo dejó escapar un suspiro de resignación mientras se pasaba una mano por el pelo.

–¿Puedes esperar a que me vista un poco?

–Oh... sí... disculpa... por supuesto... –balbuceó Skye, horrorizada ante la posibilidad de que Theo la hubiera atrapado mirándolo como si fuera una niña ante el escaparate de una tienda de dulces. Pero no podía permitirse distracciones en aquellos momentos, por tentadoras que fueran–. Ve a cambiarte. ¿Quieres que prepare mientras un café?

–Pareces empeñada en que no pegue ojo esta noche. Nada de café, gracias. Ni vino. Creo que me va a convenir tener la cabeza despejada para mantener esta conversación. Hay una botella de agua mineral en la nevera.

Skye se quedó pensando en las palabras de Theo. ¿Qué había querido decir con que parecía empeñada en no dejarle dormir? ¿Quería decir que había estado pensando en ella?

Pero no podía arriesgarse a pensar en aquello, porque no sabía qué era más peligroso para su equilibrio mental: averiguar que Theo había estado despierto pensando en ella... o averiguar que no.

Apenas tuvo tiempo para pensar en ello porque Theo se presentó un minuto después vestido con una camiseta y unos holgados pantalones.

Skye sirvió agua en dos vasos y le ofreció uno con mano temblorosa.

Tras beber un poco, Theo dejó el vaso en la mesa, se apoyó de espaldas contra la pared y se cruzó de brazos.

—Has dicho que querías hablar conmigo, así que ya puedes empezar.

Skye respiró profundamente para darse valor.

—¿Vas a decir algo? —preguntó directamente, a pesar de que se había prometido abordar el tema con cautela, gradualmente.

—¿Sobre qué?

—¡Oh, vamos! No juegues conmigo, Theo. Ya sabes a qué me refiero.

Theo la miró un momento con expresión impenetrable. Luego asintió.

—Te refieres a mi padre... —dijo finalmente, mientras Skye sentía que estaba a punto de estallar a causa de los nervios—. ¿Por qué iba a decirle nada?

—¡Oh!

La inesperada respuesta supuso tal alivio que Skye tuvo que sentarse al notar que toda la tensión que sentía la abandonaba de repente.

—¡Oh, gracias! ¡Gracias! ¡Gra...! —empezó, pero se interrumpió al ver la mirada de Theo, que no presagiaba nada bueno.

—Yo no voy a decirle nada a mi padre —dijo él en tono helado—. Creo que eso es responsabilidad tuya.

–¿Qué?

Skye estaba tomando un sorbo de agua y experimentó un momento de auténtico horror cuando su garganta pareció cerrarse en torno a la bebida, amenazándola con ahogarla. Tuvo que hacer un auténtico esfuerzo para recuperar en parte el control y tragarla.

–¿Qué quieres decir?

–Sé que has escuchado lo que he dicho –dijo Theo mientras se apartaba de la pared para ocupar una silla–. Y estoy seguro de que lo has entendido. Así que, ¿por qué pedir una explicación? Sabes qué es lo que debes hacer.

–Pero... sí, comprendo, por supuesto, pero...

Theo suspiró con una mezcla de irritación e impaciencia.

–¿No pensabas hacer nada al respecto?

–¡No puedo hacer nada! –Skye sabía las terribles consecuencias que tendría si hiciera lo que Theo estaba sugiriendo. Su mundo de hundiría, su familia quedaría destrozada, con su padre en prisión y su madre...–. ¡No puedo hacerlo!

–No tienes otra alternativa –dijo Theo con una brutal frialdad–. O lo haces tú, o lo hago yo.

Skye cerró los ojos para no dejarse dominar por el miedo. Theo no sabía lo que le estaba pidiendo. Pero no podía decirle la verdad. Había dado su palabra a Cyril de que jamás revelaría a nadie el verdadero motivo de su matrimonio. Sabía que si lo hacía pondría en peligro a su padre... pero su madre también pagaría las consecuencias.

–No lo hagas, por favor –susurró–. Por favor.

–¿Y qué preferirías que hiciera? ¿Permitir que mi padre viva una mentira... y yo vivir otra viendo cómo se casa contigo? ¿Acaso quieres que baile en vuestra boda?

La acidez del tono de Theo fue tal que Skye quiso salir corriendo de allí... pero sabía que no podía hacerlo.

–No te estoy pidiendo eso –dijo y, tras dejar su vaso en la mesa con mano temblorosa, se acercó a la silla de Theo y se sentó en uno de sus brazos para poder mirarlo al rostro–. Pero no le digas nada a tu padre, por favor. Si es necesario te lo rogaré. Por favor Theo –añadió mientras tomaba instintivamente sus manos para hacer que la escuchara–. Por favor...

¿Era aquél el mismo hombre que había acudido en su rescate aquella noche en Londres? ¿El hombre que la había abrazado y besado con tanta delicadeza y calidez? ¿El hombre que le había hecho el amor tan maravillosa y apasionadamente? ¿Podía ser el mismo hombre?

Pero no podía haber olvidado tan fácilmente... sin duda aún debía sentir algo...

Su rostro estaba a escasos centímetros del de ella. Mientras lo miraba notó que su respiración se agitaba y vio que se humedecía instintivamente los labios con la lengua.

¡De manera que no era tan inmune a ella como había pensado! Y ella no era inmune a él, desde luego. Estar sentada tan cerca de él y sentir el calor que emanaba de su cuerpo no le permitía pensar con claridad.

—¡No! ¡Esto no puede ser! ¡No! —exclamó Theo a la vez que la tomaba con firmeza de los antebrazos para apartarla de su lado—. ¿Qué te crees que soy? —preguntó, iracundo—. Puede que la relación que tenga con mi padre no sea precisamente magnífica, ¿pero de verdad crees que lo traicionaría contigo?

—No... yo nunca pretendería... —empezó Skye, horrorizada por el modo en que Theo estaba interpretando sus acciones.

Pero él la ignoró.

—¿Tan bajo crees que podría caer? ¿Y tan bajo estás dispuesta a caer tú para conseguir lo que quieres?

—Yo nunca...

—¿No? —el violento y enfadado gesto de Theo acalló cualquier posible protesta de Skye—. Entonces, ¿a qué ha venido todo eso? «Por favor, Theo... por favor...»

Skye sólo pudo parpadear horrorizada al ver que Theo la estaba imitando. Entonces la sorprendió tomándola de nuevo por los antebrazos... pero en aquella ocasión para atraerla hacia sí. Durante un largo momento se limitó a mirarla. Luego alzó una mano y le acarició la mejilla antes de introducir los dedos entre su pelo.

—Oh, yo sé lo que estabas pidiendo. Lo que querías era esto...

El beso de Theo fue duro, áspero... devastador. Con él pretendía decirle a Skye lo que pensaba de ella, y lo consiguió, pues, además de dejarla temblando, hizo que se sintiera humillada.

–Oh, sí –murmuró con la suavidad de una serpiente cuando apartó su rostro del de ella–. Esto es lo que quieres, a lo que reaccionas. Es esto lo que has tratado de utilizar para convencerme...

–No es cierto... –empezó a decir Skye, pero sentía que la lengua se le había helado en la boca.

–¿Y sabes lo que más odio, lo que más desprecio? –continuó Theo–. Que incluso ahora, sabiendo que todo es mentira, que la mujer con la que me acosté aquella noche era falsa, que estaba prometida nada menos que con mi padre... ¡aún eres incapaz de parar! Sigues creyendo que puedes seducirme para que haga lo que quieres que haga. Que ofreciéndome tu cuerpo...

–¡No!

–¡Sí! Claro que sí. Pero esta vez no te va a funcionar el truco. Puede que me engañaras en nuestro primer encuentro... pero no volverás a lograrlo.

–No... –fue todo lo que logró decir Skye.

Sabía que habría sido inútil esforzarse. Theo no iba a escucharla y, aunque lo hiciera, ella no tenía modo de refutar sus acusaciones, a menos que le ofreciera alguna explicación alternativa.

Y la única explicación que podía darle era la verdad, una verdad que debía mantener en secreto si no quería destrozar la vida de sus padres.

Manteniéndose en silencio sólo arruinaría la suya.

—¿No? —repitió Theo desdeñosamente—. Lo siento, ángel mío, pero no te creo —añadió a la vez que alzaba una mano para deslizar un dedo por la mejilla y la barbilla de Skye. Aunque sabía que era imposible, Skye creyó percibir por un instante en sus negros ojos un destello de pesar.

Pero debía estar imaginando cosas porque, un segundo después, Theo apartó la mano, la agitó como para librarse de la suciedad que la había contaminado y la miró con una profunda expresión de desagrado.

—Tienes tres días —dijo secamente—. Tres días para decirle a mi padre la verdad. Si no se lo has dicho para entonces, me ocuparé de hacerlo yo.

Capítulo 8

TRES DÍAS.

No habían parecido muchos cuando Theo le había dado el ultimátum.

Tres días para reunir el coraje necesario y admitir ante Cyril la verdad. Skye no sabía cómo iba a hacerlo. Sólo sabía que tenía que hacerlo.

Pero eso había sido dos días antes. Ya habían pasado cuarenta y ocho de las setenta y dos horas con que contaba. Y no estaba más cerca de cumplir la orden de Theo que al principio.

En todo caso, estaba más lejos.

Por un lado, Cyril apenas había estado en la casa. Había pasado gran parte del día anterior en el pueblo y había regresado de tan mal humor que Skye decidió retirarse cuanto antes a su dormitorio. Aquella mañana, Cyril había volado en helicóptero a Atenas y aún no había regresado.

Skye sólo podría agradecer que Theo tampoco hubiera aparecido por la casa. La idea de enfrentarse a su inevitable reacción cuando se enterara de que aún no había hablado con su padre le hacía estremecerse de miedo.

El futuro parecía oscuro y lóbrego, sin el más mínimo destello de esperanza en el horizonte, y no sabía qué dirección tomar.

Si no le contaba la verdad a Cyril, Theo se ocuparía de hacerlo. ¿Pero cómo iba a decirle la verdad si eso implicaría cancelar la boda? Y sin la boda, estaba convencida de que su padre acabaría en la cárcel, pues Cyril no era precisamente un hombre magnánimo.

–¡Que el cielo me ayude! –susurró mientras se sentaba en la silla más cercana y enterraba el rostro entre las manos, desesperada.

Nunca se había sentido tan perdida y sola, tan abandonada por todo el mundo.

–¿Hay algún problema?

Skye se sobresaltó al escuchar la voz de Theo, pero controló su sorpresa.

–¡Oh, no, no hay ningún problema! –espetó a la vez que le dedicaba una mirada desafiante–. ¡Ningún problema! Lo único que sucede es que, cuando creía que tenía mi vida más o menos orientada tuve la desgracia de encontrarme contigo y ahora todo se ha desmoronado.

–No se lo has dicho –fue una afirmación, no una pregunta, pero Skye sintió que Theo aguardaba su respuesta.

–¡No, no se lo he dicho!

Si Theo hubiera estado por allí aquellos días lo habría sabido, pero había decidido ausentarse y Skye sabía que lo había hecho para permitirle hablar más fácilmente con Cyril. Pero lo cierto era que había pasado aquellos días en un estado de permanente terror, temiendo que se le agotara la paciencia en cualquier momento y se presentara para contar la verdad a su padre.

—Por un lado no he tenido la oportunidad y, por otro, no sé cómo va a reaccionar.

—Eso es algo en lo que deberías haber pensado antes de meterte en la cama con un completo desconocido.

—¡No podía saber que el desconocido era precisamente el hijo de mi prometido!

—No, supongo que no —dijo Theo mientras ocupaba con indolencia la silla que se hallaba frente a la de Skye—. Tuviste mala suerte.

—¿Mala suerte? —repitió ella con acritud—. ¡Ése debe ser el eufemismo del año!

—¿Acaso habría sido todo más justificable si hubiera sido un completo desconocido? Habrías sido infiel de todos modos al hombre con el que estabas comprometida. ¿O eres una de esas personas que creen que lo malo no es cometer un crimen, sino que te atrapen?

—¡Claro que no! —negó Skye con vehemencia—. No espero que me creas, pero no tengo costumbre de ir por ahí acostándome con desconocidos.

—En eso te equivocas. Te creo.

Aquello desconcertó a Skye. ¿Había oído bien?

—¿Qué has dicho?

—Que te creo. Sé que no eres la clase de chica

acostumbrada a tener aventuras con completos desconocidos.

—¿Lo... lo sabes?

—Claro que lo sé.

El alivio que sintió Skye al escuchar aquello hizo que sus labios se curvaran en una sonrisa.

—¡Eso es maravilloso! No sabes el alivio que me hace sentir que...

Pero algo no marchaba bien.

Skye dejó de sonreír al ver la sombría expresión de Theo.

—No lo has dicho en serio, ¿verdad?

—Oh, sí, claro que sí. ¿Cómo iba a pensar otra cosa? A fin de cuentas, soy muy consciente de que no había habido otro hombre antes que yo. Esa noche aún eras virgen.

Skye se quedó anonadada. ¿Tan mal había salido su intento de parecer una mujer sofisticada y mundana?

—¿Lo... lo sabías?

—Lo sabía... ¿y sabes lo que me hizo saberlo? —preguntó Theo, conteniendo apenas su furia

—¿Estás... enfadado por eso?

Skye no podía comprender su reacción. Confundida, se puso en pie y empezó a caminar de un lado a otro de la habitación, agónicamente consciente de la mirada de Theo.

—¡No lo entiendo! ¡No entiendo nada! Pensaba que ser el primer amante de una mujer era una fantasía para casi todos los hombres. Ser el primero en tomar su virginidad...

Theo se puso en pie con un gesto tan expresivo de violencia apenas controlada que Skye dio un paso atrás.

—¿En una sórdida aventura de una noche y en un hotel barato? —espetó—. ¡Oh, sí, menuda fantasía! ¡La primera vez de una mujer debería ser algo especial, algo que recordar!

Skye apenas podía creer lo que estaba oyendo. Theo estaba hablando en serio. Se notaba en sus ojos, en su voz...

—¿No te das cuenta? —dijo en tono de ruego—. Por eso lo hice... por eso me fui contigo. No quería que mi noche de bodas fuera la primera.

—¿Y decidiste entregar tu virginidad a cualquier hombre que se cruzara en tu camino? —dijo Theo, asqueado.

—No a cualquier hombre...

Skye sabía que no podía hacerle ver lo especial que había sido aquella noche para ella. Admitirlo la destrozaría.

—No pretenderás hacerme creer que nada más verme supiste que era el amor de tu vida, ¿no? —dijo Theo desdeñosamente.

—No... no pretendo hacerte creer eso.

—Te habrías ido con cualquiera.

—¡No! ¡Y el hotel no era tan barato! —exclamó Skye sin poder contenerse.

—¡Para mí sí!

La rabia apenas contenida de Theo hizo que Skye se estremeciera como un conejillo asustado. Y así se sintió cuando avanzó hacia ella.

—Hice exactamente lo que quisiste. Te llevé a un hotel «tranquilo y decente» —dijo Theo, y ella comprendió que la estaba citando.

—Pero entonces yo no sabía quién eras. Si lo hubiera sabido...

La gélida mirada que le dedicó Theo hizo que Skye se interrumpiera y se diera cuenta con auténtico horror de lo que estaba diciendo, de la impresión que estaba dando.

Pero ya era demasiado tarde.

—¿Qué habría pasado si hubieras sabido quién era? ¿Habrías aspirado a más? ¿Habrías insistido en que fuéramos a un hotel de cinco estrellas? ¿Habrías intercambiado tu virginidad por una noche en una suite?

—¡Yo no te pedí nada!

—Sólo una noche de sexo intrascendente con un completo desconocido.

—¡Sí! ¡Eso era exactamente lo que estaba buscando! —Skye se contrajo al escuchar sus propias palabras, pero apenas podía controlarse—. Y eso fue exactamente lo que obtuve... y lo que obtuviste tú. A fin de cuentas, ¿no era eso lo que querías?

—¡No pretendía casarme, desde luego!

—En ese caso, ambos obtuvimos lo que buscábamos. Así que, ¿por qué no lo dejamos estar?

—¡Sabes muy bien por qué! ¡No podemos!

–¿Por qué no? Si olvidamos el asunto y seguimos adelante, el problema habrá acabado.

–Eso no funcionaría –murmuró Theo, moviendo la cabeza.

–¿Por qué no?

–Por quiénes somos... por quién eres tú.

–¿Yo?

–Eres la prometida de mi padre, y eso supone toda la diferencia del mundo.

–No tiene por qué –protestó Skye–. Sólo si nosotros lo permitimos.

Theo se pasó una mano por el pelo sin ocultar su exasperación.

–¿No te das cuenta de que no hay ningún «si»?

–No sé a qué te refieres.

–¡No podemos dejar correr el asunto así como así! –dijo Theo, furioso–. Vas a casarte con mi padre... y...

–¿Y?

–¡Cielo santo! ¿No te das cuenta? ¿No lo sientes?

–¿Sentir... qué? –balbuceó Skye, aunque tenía la terrible sensación de saber lo que estaba pensando Theo. Llevaba días ocultándose de la verdad y la idea de que de pronto aflorara a la superficie resultaba aterradora.

–Lo que hay entre nosotros.

–No hay nada entre nosotros –dijo Skye precipitadamente–. Nada en absoluto. ¡No sé de qué estás hablando!

«¡Mentirosa!», dijo la mirada de Theo.

–Hay química entre nosotros. ¡No puedo mantener mis ojos ni mis manos apartados de ti!

Skye se puso pálida al escuchar sus palabras. Theo vio cómo abandonaba la sangre su rostro, dejándola lívida.

Sabía exactamente lo que estaba sintiendo. Él también había tratado de negar la verdad al principio. Pero luego, como un tonto, la había besado y, a pesar de que lo que lo había impulsado a hacerlo había sido el enfado, otros sentimientos más primitivos se habían adueñado de él y había sabido por qué no podía dejar las cosas como estaban... por qué no podía irse de la isla a pesar de haberlo intentado.

Aún deseaba a Skye. La deseaba más que nunca. Le daba igual que fuera una cazafortunas. Lo único que quería era volver a tenerla en su cama.

Pero estaba prometida a su padre. Y él nunca había tomado la mujer de otro hombre.

Pero si Skye dejara a Cyril...

–Lo que hay entre nosotros no ha acabado, y lo sabes.

–¡Claro que ha acabado! –dijo Skye, desesperada–. ¡Voy a casarme con tu padre!

–¡Pues no lo hagas!

Ya estaba, se dijo Theo. Había dicho lo que pretendía no decir, las palabras que había prometido no pronunciar nunca... aun sabiendo mientras lo hacía que algún día rompería inevitablemente aquella promesa.

Llevaba días haciendo verdaderos esfuerzos por mantenerse alejado de ella, haciendo ejercicio como loco en el gimnasio, nadando, corriendo por la playa... pero aunque aquello había servido para distraer en parte su cuerpo, no le había resultado tan fácil distraer su mente.

Y por las noches, en la oscuridad, los acalorados recuerdos de la increíble noche que compartieron no habían dejado de asediarlo.

Quería más. Quería volver a saborear la dulzura de aquella noche, quería experimentar una vez más aquella pasión.

Aquellos dos últimos días sólo había logrado contener sus impulsos a base de repetirse una y otra vez que Skye estaba prohibida para él, que estaba comprometida nada menos que con su padre.

Y finalmente había comprendido por qué estaba tan empeñado en que pusiera al tanto a su padre sobre lo sucedido entre ellos. No sólo quería que se supiera la verdad; quería que Skye se viera libre de aquel compromiso imposible.

La quería para él. Y sentía que iba a volverse loco si no lo lograba.

—No te cases con mi padre. No puedes casarte con él sintiendo lo que sientes por...

—¿Por ti? —interrumpió Skye, sobresaltada—. ¡No siento nada por ti!

—Claro que sí. Sientes lo mismo que yo. Lo percibo en tu rostro, en tus ojos cada vez que me acerco...

–Eres un arrogante...

–Puede que sea arrogante, pero al menos soy sincero.

Deliberadamente, Theo dio un paso hacia ella sin apartar la mirada de su rostro y vio cómo echaba atrás la cabeza, como se oscurecían sus ojos y se agitaba su respiración.

–¿Lo ves? –murmuró–. Piensa en esto, Skye, en lo que pensará mi padre cuando averigüe...

–¿Y por qué iba a averiguarlo?

El tono de Skye había cambiado y había un matiz en él que Theo no sabía cómo interpretar. Él tampoco sabía qué sentir. Sus emociones pasaban de la furia y la exasperación a un abrumador deseo de tomarla entre sus brazos y hacerle perder el sentido besándola.

Pero sabía que si la besaba estaría perdido. No podía besar a Skye mientras estuviera con su padre y, por los motivos que fuera, parecía decidida a mantener aquel atroz compromiso.

–No puedo creer que me hagas esa pregunta.

–Podría fingir...

–¡Desde luego que podrías! –Theo fue incapaz de contener la cínica risa que escapó de entre sus labios–. ¡Pero si quisieras que resultara convincente tu actuación tendría que ser mucho mejor que la que estás haciendo ahora para mí!

Aquello pareció silenciar a Skye, que se quedó mirando a Theo con expresión conmocionada.

–Hay algo más, ¿verdad? –dijo él, mirándola

atentamente–. Algo que no me has dicho... ¡Maldita sea, Skye! ¿Qué está sucediendo aquí?

Skye bajó la mirada.

–No sé a qué te refieres.

–¡No me vengas con esas!

Theo la tomó por la barbilla y la obligó a mirarlo. Cuando ella trató de apartar el rostro se lo impidió.

–¡Dímelo! –exigió–. ¡Quiero saber por qué estás tan empeñada en casarte con mi padre!

Capítulo 9

QUÉ PODÍA responder a aquello?, se preguntó Skye. Se volviera hacia donde se volviese, estaba atrapada.

Pero no pensaba dejar a su madre en la estacada. Claire Martson no estaba al tanto de los verdaderos motivos por los que su hija iba a casarse con un millonario griego mucho mayor que ella, y se habría quedado horrorizada si lo hubiera sabido. Pero Skye había jurado hacer lo que fuera para que su madre disfrutara con tranquilidad de la vida que le quedaba, y si aquello significaba renunciar a su propia vida, estaba dispuesta a hacerlo.

De manera que sólo le quedaba un camino que seguir.

Y pensaba seguirlo.

—¿Por qué? —repitió, tratando de encogerse de hombros con gesto despreocupado—. ¿No es evidente? Porque me lo pidió.

La reacción de Theo volvió a sorprenderla. Había esperado furia, o desprecio, pero se quedó desconcertada al ver que negaba firmemente con la cabeza en un gesto de rechazo a sus palabras.

–No me basta esa respuesta –dijo con firmeza.

La sensación de estar luchando por su vida hizo que Skye se mostrara aún más audaz

–¿No te basta? ¿Y puede saberse por qué?

Theo se limitó a mirarla, a la espera de que siguiera hablando.

–¿Qué es lo que tanto te cuesta creer? –la angustia que sentía Skye hizo que hablara con más brusquedad de la que pretendía–. ¿Quién en su sano juicio renunciaría a todo esto? –preguntó a la vez que hacía un amplio gesto con la mano señalando a su alrededor–. Yo no, desde luego.

Al ver cómo se endurecía de pronto la expresión de Theo, Skye notó lo diferente que era a la que tenía unos momentos antes. Casi había creído percibir cierta compasión en él, cierta comprensión...

Pero las barreras habían vuelto a alzarse entre ellos y el dolor que le produjo comprobarlo estuvo a punto de hacer que se le saltaran las lágrimas.

Pero era mejor así.

Más seguro.

Y si no quería verse atrapada por sus preguntas, más le valía ponerse al ataque.

–Además, ¿por qué te importa tanto lo que suceda entre tu padre y yo? –preguntó a la vez que se apartaba de él–. Tengo entendido que no manteníais una relación precisamente cercana.

Skye notó que había penetrado bajo la guardia de Theo con sus palabras y sintió un escalofrío de aprensión al ver cómo se endurecía su mandíbula.

—¿Quién te ha dicho eso?

—Tu padre, por supuesto.

—¿Y qué te dijo al respecto?

—Que... que tuvisteis un desacuerdo.

—Lo que es un auténtico eufemismo —dijo Theo con amarga ironía.

—¿Qué sucedió?

—¿De verdad quieres saberlo? —preguntó él con dureza.

—Sí —Skye trató de parecer más segura de sí misma de lo que se sentía—. Tal vez así logre entender mejor las cosas —algo en la expresión de Theo le hizo comprender que era una esperanza vana, pero decidió insistir de todos modos—. Cuéntamelo.

Theo metió las manos en los bolsillos de sus vaqueros y se acercó a la puerta del patio para contemplar el brillo del sol en el agua de la piscina.

—Mi padre me desheredó porque no quise casarme con la mujer de su elección.

—¿Qué? —Skye no ocultó su asombro—. Supongo que estás bromeando.

Theo se volvió hacia ella con una expresión mortalmente seria en el rostro.

—¿Te parece que estoy bromeando? Porque te aseguro que no es un tema sobre el que me gusta frivolizar.

—Pero... ¿por qué hizo eso tu padre?

Los labios de Theo se curvaron en una sonrisa carente de humor.

–Mi padre siempre trató de controlar mi vida. Cuando era pequeño apenas podía respirar sin su permiso. Mi madre murió cuando yo tenía cinco años y dos años después fui enviado a un internado en Inglaterra.

–¿A los siete?

Theo creyó captar auténtica conmoción en la expresión de Skye, y algo más que no supo cómo interpretar. En un momento de debilidad lo habría interpretado como compasión, pero probablemente se habría equivocado.

–El internado estaba lleno de niños de mi edad. Mi padre estaba empeñado en que obtuviera la mejor educación posible, y para él eso implica ir a un colegio privado inglés y luego a una universidad inglesa. Cuando terminara mis estudios trabajaría con él en las empresas Antonakos, por supuesto.

–Tenía toda tu vida planificada.

–Incluida la mujer con quien debía casarme –dijo Theo.

Skye se sentó en el brazo de un sillón. Sus ojos aún tenían aquella extraña expresión. Theo hizo un esfuerzo por concentrarse en ellos para evitar pensar demasiado en el resto de su cuerpo... en el modo en que el pelo caía sobre sus hombros, expuestos por las estrechas tiras de su vestido lila, en la brevedad de su falda, más breve aún cuando estaba sentada, en el movimiento de sus pechos, claramente libres de sujetador...

–¿No te gustaba la mujer que eligió para ti?

—Está claro que no conoces demasiado bien a mi padre. Yo ni siquiera la conocía y, probablemente, él tampoco.

Skye no ocultó su consternación.

—¿No la conocías?

Theo negó firmemente con la cabeza.

—Iba a ser un matrimonio arreglado. Un acuerdo financiero entre mi padre y el suyo.

—¿Y tú no tenías nada que decir al respecto?

—Eso era lo que opinaba mi padre. Yo ya tenía veintisiete años, edad más que suficiente para empezar a darle nietos. Mi padre investigó a todas las familias posibles con hijas en edad de casarse y averiguó que el padre de Agna era dueño de unas tierras que él quería. Eso, unido al hecho de que Agna sólo tenía diecinueve años y era virgen, la convertía en una candidata ideal desde su punto de vista.

—¿Ella tampoco tuvo opción de elegir?

—¿Por qué iba a tenerla? Era hija única y, desde el avaricioso punto de vista de su padre y del mío tan sólo tenía una meta en la vida: casarse bien, aumentar la fortuna de la familia y proveer de un heredero para las propiedades conjuntas.

—Haces que parezca una yegua de cría —murmuró Skye, que, angustiada, no pudo evitar ver el paralelismo que había entre su situación y la mujer elegida por el padre de Theo para convertirse en futura esposa de éste.

Cyril no había logrado lo que quería a través de

su hijo, de manera que había decidido buscar una esposa joven para sí mismo que le sirviera de «yegua de cría».

—No era yo el que la quería para eso —dijo Theo con aspereza—. Rechacé casarme con ella y, como resultado, mi padre me desheredó.

—¿De verdad te desheredó y te dejó sin nada de dinero?

—Sí. Pero para entonces yo ya tenía mi propia empresa y el dinero no era problema. Lo que perdí fue esta isla.

—¿Helikos?

Theo asintió.

—Era de mi madre y debería haberla heredado yo. Pero en los cinco años transcurridos desde que me negué a casarme he triplicado mis beneficios y mi fortuna personal ya se acerca a la de mi padre. Así que no te preocupes —añadió con evidente ironía—, porque apenas perdí dinero.

—Yo no... —empezó Skye, pero fue interrumpida por el teléfono. Miró en dirección al aparato, pero le importaba más hacer saber a Theo que lo que le había escandalizado había sido el modo en que lo había tratado su padre, no el dinero que había perdido por su causa—. ¡No era en eso en lo que estaba pensando! Yo...

—¿No vas a contestar al teléfono? —interrumpió Theo.

—No sé si debería. Tu padre...

Cyril había dejado bien claro que Skye no debía

interferir en su vida, que sólo iba a ser una esposa decorativa... excepto en la cama.

—Probablemente será él. Y si no lo es, el motivo por el que estás aquí es que vas a convertirte en la señora de Antonakos en cuestión de semanas. Así que si estás empeñada en seguir adelante con ella, más vale que empieces a comportarte como la mujer de la casa.

Theo se encaminó de nuevo hacia la puerta que daba al patio para que Skye respondiera con tranquilidad.

Era Cyril, y el tono que usó hizo que Skye sintiera un escalofrío. Nunca la había tratado con afecto, pero en aquella ocasión fue especialmente brusco.

Skye fue repentinamente presa de un terrible temor al pensar que algo había ido mal. ¿Habría sucedido algo que había hecho cambiar de opinión a Cyril de manera que ni siquiera el sacrificio que estaba dispuesta a hacer fuera a resultar suficiente? Aquel pensamiento le hizo comprender lo terriblemente sola que estaba. Pero con Theo tan cerca no se atrevió a preguntar nada y Cyril lanzó su última orden y colgó mientras ella se esforzaba aún por buscar una respuesta.

Cuando Theo se volvió hacia ella, Skye aún se estaba mordiendo el labio, preocupada.

«Theo cuidará de ti», había dicho Cyril, y en aquellos momentos no sabía qué era peor, si su terrible sensación de soledad y temor, o la idea de quedarse a solas con Theo una vez más.

–Va a quedarse en Atenas esta noche –dijo al ver que Theo la estaba mirando–. No volverá hasta mañana. Ha dicho que... que tú cuidarás de mí.

Al escuchar aquello, Theo se preguntó qué estaría pasando por su mente.

Él sabía lo que estaba pasando por la suya.

Su padre no volvía hasta el día siguiente. Veinticuatro horas a solas con Skye.

Veinticuatro horas a solas con la tentación. Una noche de tentación.

Su padre había dicho que cuidara de ella... pero era evidente que no sospechaba cómo le gustaría hacerlo, o de lo contrario no la habría dejado a su cuidado.

Ya llevaba cuarenta y ocho horas luchando contra sus deseos. ¿Lograría controlarse un día más?

No podía correr el riesgo de averiguarlo.

–Tengo cosas que hacer.

–De acuerdo –contestó Skye, cuya mirada parecía concentrada en uno de los cuadros que adornaba la sala.

–¿Estarás bien?

–Sí –la respuesta de Skye fue menos firme en aquella ocasión, pero siguió sin mirar a Theo.

Él percibió el ligero temblor de su voz y vio cómo parpadeaba con fuerza.

–¿Skye?

Perversamente, y tras haber conseguido lo que quería, Theo comprobó que no tenía ganas de irse. Una ligera sonrisa curvó los labios de Skye mientras lo veía dudar. Pero fue una sonrisa cínica, inquietantemente cansina.

–¿Qué tratas de demostrar? –preguntó con voz ronca–. ¿Que no puedo dejarte ir? ¿Que... esa química que dices que existe entre nosotros va a hacer que me resulte imposible separarme de ti?

–Sería un estúpido si pensara eso... sobre todo sabiendo que eres capaz de irte sin pensártelo dos veces. Ya lo hiciste en una ocasión.

–Te dije que sólo nos veíamos aquella noche.

–Y yo te dije que no solía tener aventuras de una sola noche.

–¿Estás diciendo que querías más?

–Fue una experiencia que me habría gustado repetir si no hubieras echado a correr como un conejillo asustado antes de que me despertara.

–¡No eché a correr!

–Tampoco te quedaste a esperar. ¿Qué sucedió? ¿De pronto te diste cuenta de que tenías conciencia? –preguntó Theo con ironía.

–No tuvo nada que ver con eso –Skye se sentía como si estuviera luchando por su vida, pero no tenía intención de que se notara–. Te dije que o hacíamos las cosas a mi modo o nos despedíamos allí mismo, y tú aceptaste.

–Te seguí la corriente –corrigió Theo con frialdad–. No recuerdo haber firmado ningún acuerdo con sangre. Fui lo suficientemente tonto como para creer que al menos esperarías a desayunar conmigo.

–Te dije cómo iban a ser las cosas. ¿Por qué te quejas si lo único que hice fue ceñirme a mis palabras?

–No me gustó el modo en que me hizo sentirme que desaparecieras.

–¿Cómo te sentiste?

–Utilizado.

Aquello era lo último que esperaba escuchar Skye.

Utilizado.

¿Theo se había sentido utilizado?

¿Y cómo creía que le había hecho sentirse a ella su padre?

–¡Bienvenido al club! –espetó, incapaz de pensar en algo menos provocador.

–¿Qué?

Al ver la expresión de Theo, Skye se hizo consciente de lo peligrosamente cerca que había estado de dar los detalles de su verdadera situación.

–Debes admitir que no es habitual que se sienta así –dijo rápidamente–. Así es como suelen sentirse la mayoría de las mujeres cuando un hombre sólo quiere una aventura de una noche. No te viene mal saborear un poco de tu propia medicina.

–¡Yo no te utilicé!

–Nos utilizamos mutuamente. Fue una noche... de pasión sin ataduras.

–Eso está claro, porque no tuviste ningún problema en irte –espetó Theo con dureza.

¡Oh, si él supiera!

Skye sintió deseos de llorar y apretó la mandíbula con tal fuerza que le dolió.

Si Theo supiera cómo se sintió aquella mañana al despertar acurrucada entre sus fuertes brazos, cómo deseó seguir allí para siempre, sin moverse...

Y cuando finalmente salió de la habitación lo hizo derramando lágrimas por la pérdida de un hombre que ni siquiera sabía quién era y que, si el destino era amable con ella, nunca lo averiguaría.

Pero el destino no había sido amable con ella, por supuesto. Fue cruel aquella noche, y volvió a serlo al llevarla a aquella isla tres días atrás.

Porque le había hecho darse de bruces con el hombre que robó parte de su alma aquella noche en Londres. El hombre que no quería volver a ver... pero al que, en el fondo de su corazón, más deseaba ver en el mundo.

Hasta que había aparecido en Helikos convertido en el hombre que jamás debía ver, en el hombre al que jamás debía soñar en acercarse.

Theo estaba totalmente prohibido para ella, y seguiría estándolo durante el resto de su vida.

Capítulo 10

LO SIENTO –se sintió obligada a decir–. Nunca pretendí que te sintieras utilizado. ¿Pero por qué no olvidamos de una vez esa noche y la dejamos atrás?

–¡Sabes muy bien que no podemos! –los ojos de Theo brillaron como el azabache–. Sigue ahí... entre nosotros. Yo no puedo olvidarla... ¿y tú?

Jamás la olvidaría, reconoció Skye para sí, pero tendría que intentarlo. Su familia carecería de futuro si ella no lograba escapar de su pasado.

–Tengo que hacerlo –dijo con toda la convicción que pudo–. Tenemos que hacerlo. No puede haber nada entre nosotros. Voy a casarme con tu padre. Tenemos que vivir como si no nos hubiéramos visto nunca, como si...

–Y tú puedes hacerlo, ¿verdad? –interrumpió Theo con cínico escepticismo–. ¿Puedes simular que nunca fuimos amantes... que nuestra única relación es de madrastra e hijastro?

«¡No! No, no puedo hacerlo... ¡No puedo soportarlo!». Skye sintió que se le desgarraba el corazón con sólo pensarlo. No quería ser la madrastra de

Theo. No tenía ningún sentimiento maternal hacia él. Quería...

Pero no podía tener lo que quería. Eso estaba prohibido para ella. Tenía que apartar los sueños de su mente y vivir la realidad.

Haciendo un esfuerzo, alzó el rostro y miró a Theo a los ojos.

—Sí —dijo con toda la firmeza que pudo.

¿Pero bastaría aquello para convencerlo? Debía convencerlo. Si no lograba hacerlo, no sabía cómo iba a seguir adelante.

Theo respiró profundamente y ladeó ligeramente la cabeza.

—Demuéstralo —dijo.

—¿Qué?

—Demuéstralo —repitió él con dureza—. Si estás tan convencida de que puedes comportarte como si nunca hubiéramos sido amantes, como si nada hubiera ocurrido entre nosotros, hazlo. Practica un poco antes de que mi padre vuelva a casa. Si te ha dicho que voy a cuidar de ti creo que será mejor que empiece a hacerlo.

—Pero...

—Pasa el resto del día conmigo. Puedo enseñarte la isla... es la clase de cosa que haría un buen hijastro. Sé mi madrastra, nada más. Y si cuando acabe el día aún eres capaz de decir que quieres que las cosas sigan como están, juro que te dejaré sola... para siempre.

«Te dejaré sola para siempre».

Skye sintió una violenta mezcla de esperanza y desesperación. Por una parte quería librarse a toda costa de Theo... pero por otra, lo que más quería en el mundo era que no la dejara nunca.

Pero no iba a quedarle más remedio que aprender a vivir en esa soledad. Y, tal vez, la sugerencia de practicar, de acostumbrarse a la idea sin el constante temor de que Cyril se dedicara a vigilar cada uno de sus movimientos, podría funcionar.

Además, por la expresión de Theo, era evidente que no iba a darle otra opción.

—De acuerdo —dijo lentamente—. Lo haré.

¿De verdad iba a ser capaz de hacer aquello?, se preguntó Theo mientras conducía por la serpenteante carretera que se alejaba de la casa. ¿Qué había pasado con sus dudas, con los riesgos que corría, con la tentación a la que tendría que enfrentarse si seguía allí?

Pero lo cierto era que quería aquella tentación. No podía irse así como así. Cuando estaba con Skye se sentía más implicado en todo, más vivo que nunca, y no iba a abandonar la oportunidad de experimentar esa sensación una vez más, aunque fuera la última.

Además, llevaba cinco años sin acudir a Helikos y quería volver a visitar sus lugares favoritos.

—Primero seguiremos la carretera de la costa —dijo—. Así podremos visitar el monasterio en ruinas y echar un vistazo a algunas de las cuevas antes de ir al pueblo. Conozco una pequeña taberna en la que podemos comer. Los dueños son como mi familia.

Y estuvieron a punto de serlo de verdad, recordó. Berenice, la hija mayor, que tendría tan sólo unos cinco años más que él, tuvo una intensa aventura con su padre en la misma época en que éste se empeñó en casarlo. Theo recordaba que en una de las últimas conversaciones que tuvo con su padre antes de romper se lo echó en cara.

—Si estás tan desesperado por tener más herederos —le había dicho con desprecio—, ¿por qué no te casas con tu querida? ¡Empieza una nueva familia con ella!

—¡Puede que lo haga! —respondió Cyril.

Pero, al parecer, Berenice ya no estaba en la foto. Obviamente, su padre se lo había pensado dos veces antes de convertir en la quinta señora Antonakos a una simple pueblerina.

En lugar de ello había elegido a una inglesa a la que doblaba la edad. Una chica que no era precisamente el tipo que solía atraerlo.

Sin embargo, Berenice sí lo era. A Cyril Antonakos lo atraían sobre todo las mujeres pequeñas, morenas, de ojos negros, curvilíneas y bien provistas de pecho. La alta y esbelta Skye Martson no era precisamente su tipo.

Pero era la mujer cuya mera existencia hacía que Theo viviera en un estado de constante deseo, un deseo tan intenso que el mero hecho de estar cerca de ella suponía una agonía. Habría sido capaz de detener el coche en seco para tomarla allí mismo, en medio de la carretera...

Inconscientemente, masculló una maldición a la vez que aferraba el volante con tal fuerza que los nudillos se le pusieron blancos.

—¿Hay algún problema?

—Había olvidado lo primitivas que son las carreteras de la isla. No se puede perder la concentración ni un instante.

—La vista tiene el mismo efecto —dijo Skye con una sonrisa—. No sabía que el mar pudiera tener tantos matices de azul.

Theo apartó rápidamente la mirada de ella. Si volvía a sonreír así, estaba perdido.

—Deberías verlo en verano. Entonces parece la joya más brillante del mundo.

—Me encantaría verlo.

El melancólico tono de Skye resultó tan seductor para Theo que tuvo que apretar los dientes con fuerza.

—Y lo verás —dijo con especial dureza—. A fin de cuentas, vas a vivir aquí como mi... madrastra.

Si la hubiera abofeteado, Skye no se habría sentido peor. Se encogió en el asiento como un conejillo asustado.

El repentino oscurecimiento de sus ojos y el modo en que se mordió el labio inferior fueron como un reproche para Theo, que volvió a mascullar una maldición por la aspereza con que había hablado.

Pero, al menos, aquella tentadora sonrisa había desaparecido de los labios de Skye. Si seguía con la espalda vuelta hacia él, mirando por la ventanilla, tal vez podría controlar su deseo...

Si seguía de espaldas a él, simulando que miraba por la ventanilla, tal vez podría controlar sus emociones, se dijo Skye. Había cometido un error fatal al volverse y sonreírle como lo había hecho. Había notado la reacción de Theo... y también su repentino cambio cuando le había dicho con crueldad que iba a vivir allí como su madrastra.

¿Sería consciente de cuánto le dolía que le recordara aquello? Tenía que serlo. Por eso lo había hecho. Estaba asegurándose de que no olvidara en qué posición quedaría con él si seguía adelante con su plan de casarse con Cyril.

Pero ella sabía que no tenía más remedio que seguir adelante con sus planes si quería salvar a su padre. Un involuntario gemido escapó de su garganta antes de que pudiera contenerlo.

—¿Qué sucede?

La dureza del tono de Theo hizo que Skye se sobresaltara.

—Nada.

Theo masculló nuevamente una maldición y frenó en seco en medio del camino.

—Algo te ha disgustado y quiero saber de qué se trata.

–¿De verdad necesitas preguntarlo? –Skye se volvió hacia él y parpadeó casi con ferocidad para contener las lágrimas–. Estoy segura de que lo sabes. ¿Por qué estás tan empeñado en que no me case con tu padre? –preguntó al ver que Theo fruncía el ceño con gesto de incomprensión–. ¿Por qué te importa tanto?

–Porque si te casaras con él estarías viviendo una mentira... ambos lo haríamos.

–¡Sólo pasamos una noche juntos! No tiene por qué afectar al resto de nuestras vidas.

–Una noche que no puedo olvidar. Y no creo que tú puedas hacerlo. Eras virgen... y ya sabes que suele decirse que nunca se olvida la primera vez.

Skye cerró brevemente los ojos para contener el dolor que le produjeron aquellas palabras. Pero se obligó a abrirlos de nuevo y a mostrar una indiferencia que estaba muy lejos de sentir, pero que en aquellos momentos podía ser su única salvación.

–No te hagas ilusiones creyendo que para mí fue lo mismo que para ti. Tal vez te guste imaginar que también fue una noche inolvidable para mí, pero no es ése el caso –dijo, pero lo cierto era que nunca podría olvidar las caricias de Theo, sus besos, su forma de hacerle el amor...

Tan sólo se había limitado a devolverle el insulto, pero, por la expresión de Theo, supo que había dado en la diana. Le habría gustado poder retirar sus palabras, pero sabía que no le quedaba más remedio que mentir para protegerse, para no permitir que aquel hombre se acercara más a ella.

Pero ya estaba demasiado cerca, admitió, angustiada. No lograba apartarlo de su mente... ni de su corazón, de noche ni de día.

Pero no podía permitir que aquel pensamiento entrara en su cabeza. No podía arriesgarse. Ni siquiera quería pensar que se había encariñado más de lo debido con Theo Antonakos.

−¿Por eso te fuiste corriendo? ¿Tan fácil te resultó olvidarme? −preguntó Theo mientras volvía a poner el coche en marcha. Pero se notaba que estaba furioso, fríamente furioso.

Y Skye dio la bienvenida a su enfado. Aquello lo había distraído y probablemente ya no se empeñaría en averiguar por qué se había disgustado. Ya era bastante duro enfrentarse al evidente desagrado que sentía por la mujer que ella estaba simulando ser, por la máscara tras la que se estaba escondiendo.

−¿O lo que te asustó fue el descubrimiento de tu propia sensualidad?

−¡No me asusté! ¿De qué iba a haberme asustado?

−¿De qué?

Una vez más, el coche se detuvo en seco en medio de la solitaria carretera. Theo apenas había terminado de frenar cuando soltó su cinturón de seguridad, se volvió hacia Skye, la tomó por los brazos y tiró de ella.

Maldiciendo salvajemente al sentir que el cinturón la retenía, también soltó éste.

–¿De qué ibas a haberte asustado? Yo te enseñaré...

Sus boca cubrió la de Skye implacablemente, obligándola a entreabrir los labios. Pero todo cambió en un instante. El sabor de Theo resultó tan embriagador como el de un vino añejo, y Skye se sintió arrastrada por las sensaciones que se apoderaron de ella. Su lengua recibió complaciente la de Theo, ofreciéndose a él, y él la tomó. Tomó su boca, tomó sus sentidos, tomó su deseo y lo alimentó.

Un instante después estaba deslizando las manos por todo el cuerpo de Skye, acariciándola, tentándola...

Sin poder contenerse, ella correspondió a sus caricias. No quería que aquello acabara. No lo soportaría. Sentía que se moriría si así fuera, o, al menos, que alguna parte vital de ella dejaría de existir. Deseó estar en algún lugar en que pudieran llevar aquello más allá... donde Theo pudiera tomarla, donde pudieran tomarse mutuamente...

Pero, con un gemido de protesta, Theo se apartó de ella y la soltó.

Respiraba agitadamente, tenía la cabeza reclinada contra el cabecero del asiento y los ojos firmemente cerrados, como si no quisiera ver, como si no quisiera enfrentarse a la realidad.

–¡Cielo santo! –murmuró–. ¿Y me preguntas de qué ibas a asustarte? ¡Esto es lo que hay que temer! Y si a ti no te asusta, ¡a mí sí! Me hace olvidar lo que creo que es correcto... me hace olvidar mis principios...

Skye no sabía si estaba temblando de miedo o por la intensidad de la respuesta que Theo había despertado en ella.

–Por eso no puedes casarte con mi padre. ¡Admítelo de una vez, maldita sea! –añadió Theo.

Skye sabía que no podía decir nada. Si abría la boca se delataría. Su tono revelaría lo desolada que se sentía, la verdad que había en las palabras de Theo.

De manera que permaneció en silencio. Pero también lo hizo Theo.

Y hubo algo en su silencio, una especie de fiero autocontrol que hizo que el corazón de Skye se encogiera aún más.

No había pretendido involucrar a Theo en aquello. No había querido implicarlo en su infierno privado. Y no quería ser la causa de que se sintiera así.

–Theo... –murmuró a la vez que alargaba una mano hacia él con cautela.

–¡No! –exclamó Theo a la vez que la apartaba con brusquedad–. ¡No vuelvas a tocarme! ¿No te das cuenta de lo que pasa cuando nos tocamos? ¡Podríamos arder! No es seguro que estemos juntos... sobre todo si estás empeñada en seguir adelante con esa locura de boda.

Skye sabía que sólo había una posible respuesta

a aquello, aunque su corazón se rebelara contra ella.

–¿Sigues empeñada en casarte con mi padre? –preguntó Theo con voz ronca al ver que no respondía.

–Si está dispuesto a aceptarme, sí.

–En ese caso, mantente alejada de mí.

A Theo le daba lo mismo estar siendo injusto. Sabía que Skye sólo tendría que alegar que era él el que había empezado y no habría tenido ningún argumento que discutir en contra. Pero en aquellos momentos no se sentía nada justo. Ni siquiera se sentía controlado en lo más mínimo.

La tormenta sensual que había estallado en su cuerpo parecía haberse llevado consigo su mente.

Ni siquiera se atrevía a mirar directamente a Skye. Si lo hiciera vería sus delicados labios inflamados por sus besos, su maravilloso pelo, la falda que apenas cubría sus muslos.

–Te lo había dicho –murmuró–. No es seguro que estemos juntos.

–En ese caso, gira el coche y llévame de vuelta a casa.

–Creía que querías ver la isla.

–Quiero, pero...

Theo se dio un zarandeo mental para tratar de controlar sus pensamientos.

–He dicho que iba a enseñarte la isla. Si permanecemos al aire libre y en lugares públicos, no habrá problema. Estaremos más seguros que en casa.

Quería enseñarle la isla. Quería que Skye viera sus lugares favoritos, la playa en que solía jugar de niño, el monasterio, el pueblecito en el que vivían sus amigos...

Quería volver a ver aquellos lugares a través de los ojos de Skye. Y, si era sincero, quería ser él quien le enseñara la isla, no su padre.

Era hora de admitir la verdad. Estaba terriblemente celoso de su padre. Celoso de que estuviera comprometido con aquella deslumbrante mujer que parecía empeñada en casarse con él, aunque sólo fuera por interés. Tal vez fuera una muestra de debilidad, o de estupidez, pero debía reconocer que se conformaría con ser utilizado por su dinero si ello significara volver a tener a Skye Martson en la cama.

Pero la única posibilidad que tenía de convencerla de que no necesitaba casarse con su padre era pasando tiempo con ella.

—Piensa en mí como en tu guía privado —logró decir con un grado razonable de convicción—. Prometo ser la imagen de la discreción.

Skye le dedicó una mirada cargada de escepticismo.

—Te doy mi palabra —añadió Theo—. Me portaré como debe hacerlo un hijastro con su madrastra.

La expresión de Skye se borró en cuanto escuchó aquello. El hecho de que odiara ser descrita como su futura madrastra tanto como él odiaba describirla de ese modo produjo a Theo tal satisfacción personal que sonrió para sí mientras ponía el coche en marcha de nuevo.

Iba a comportarse como el hijastro perfecto. No iba a meter la pata. Y si a la encantadora Skye no le gustaba que la trataran así... mejor.

Capítulo 11

THEO se mantuvo fiel a su palabra toda la tarde. Fue el escolta perfecto... y el hijastro perfecto. Se mostró amable y atento, pero sin exceso.

Al menos exteriormente.

Pero lo que había dentro de su cabeza era otro asunto.

Ningún hijastro debería tener los pensamientos que él estaba teniendo respecto a su madrastra. Desde luego, no debería fijarse en el modo en que sus generosos pechos resaltaban contra la tela de su vestido, ni en el modo en que se tensaban sus largas piernas mientras subían la cuesta que llevaba a las ruinas del monasterio... ni en la posibilidad de encontrar un lugar lo suficientemente oculto como para desnudarla y hacerle el amor apasionadamente.

Pero aquéllos eran los pensamientos que mantenía ocultos en su mente. Ante Skye aparentó estar totalmente controlado mientras le enseñaba la isla y le contaba la historia de los lugares que visitaron. Finalmente, cuando empezaba a oscurecer, fueron a la pequeña taberna del pueblo, donde la introdujo a lo mejor de la comida local.

—¡Está riquísimo! —dijo Skye tras comer la última croqueta de espinacas con queso y tomar un sorbo de su vino blanco—. ¿Cómo has dicho que se llamaba este pincho?

Theo no pudo evitar sonreír ante su entusiasmo.

—*Bourekakia* —dijo.

—*Boure... bourekakia* —repitió Skye con esfuerzo—. Tengo que volver a probarlas. ¡Y pensar que la única comida griega que había probado hasta ahora era una ensalada de feta —dijo, riendo.

Los pendientes que llevaba puestos se agitaron mientras reía. Se los había comprado Theo en una de las pequeñas tiendas del pueblo. Skye se había enamorado de los pequeños delfines de plata a primera vista y él no había podido resistirse a poner una excusa para volver a comprarlos mientras ella estaba distraída viendo unos cinturones en un puesto de objetos de cuero.

Se dijo que habría hecho lo mismo por cualquier mujer que se hubiera mostrado tan encantada al ver los pendientes, aunque cuando se los vio puestos pensó que a ninguna otra le habrían quedado tan bien.

La tentación de alargar una mano para tocarlos y acariciarle la oreja hizo que le cosquillearan los dedos.

—Iannis podría prepararte una ensalada, pero creo que con lo que has pedido de comer...

Theo se interrumpió al ver a la camarera que llevaba una botella a la mesa contigua. Se trataba de la mujer que había sido amante de su padre.

—¡Berenice! —exclamó, y luego se volvió hacia Skye—. Discúlpame un momento.

—Por supuesto.

¿Qué más podía decir?, se preguntó Skye mientras Theo se levantaba. «¿No te excuso si es para hablar con ella?»

No tenía derecho a hacer tal cosa, y no podía expresar la protesta que saltó automáticamente a sus labios.

No quería que Theo la dejara. Desde luego, no para hablar con otra mujer, sobre todo con una mujer tan sensual y femenina como aquella belleza morena, que lo recibió con una cálida sonrisa en los labios.

La única justificación para su reacción habrían sido los celos, pero aquello era algo en lo que no quería ni pensar, porque las emociones que había tras aquellos celos eran demasiado peligrosas, demasiado aterradoras como para pensar en ellas.

Pero estaba celosa. Estaba celosa del evidente placer que habían experimentado ambos al verse y de sus sonrisas mientras entablaban una animada conversación. Estaba tan celosa que tuvo que esforzarse para no acercarse a ellos.

Conmocionada por sus sentimientos, tomó un largo trago de vino para distraerse.

Aquello no podía estar pasándole a ella...

Pero otra mirada, lanzada con intención de calmarse, de convencerse de que no había sucedido nada y de que sus temores eran sólo imaginarios, tuvo exactamente el efecto contrario.

El primer impacto fue físico. Fue como si estuviera viendo a Theo con otros ojos. A la luz de las numerosas velas que iluminaban la taberna, su poderosa constitución, sus fuertes rasgos y sus ojos negros le daban el aspecto de un antiguo dios de la mitología.

Estaba ligeramente inclinado hacia Berenice, y la absoluta concentración que estaba prestando a lo que ésta le estaba diciendo hizo comprender a Skye algo que resultó realmente inquietante para su equilibrio mental.

No podía soportar ver a Theo con otra mujer. No podía soportar ver a la tal Berenice mirándolo a los ojos mientras le hablaba rápidamente.

La expresión repentinamente sombría de Theo, su total quietud, le hicieron comprender que estaban hablando de algo importante, algo que no querían compartir, y darse cuenta de ello hizo que se le encogiera el corazón. Y cuando Theo se inclinó para besar a la otra mujer en la mejilla, sintió que los ojos se le llenaban de lágrimas.

Se llevó las manos a los lóbulos de sus orejas, de los que pendían los delicados pendientes de plata.

Se los había comprado Theo. Le habían encantado nada más verlos, pero en ningún momento se le había pasado comprarlos. Ni siquiera se había dado cuenta de que Theo se había fijado hasta que se los había entregado en la taberna.

–Un recuerdo de tu primera visita a Helikos –le había dicho en tono desenfadado.

Tontamente, ella había dado al regalo una proporción desmedida. Se había sentido tan encantada que se los había puesto de inmediato y había alzado su copa de vino para mirarse en ella sonriendo como una niña con zapatos nuevos.

Probablemente, aquello había sido una insignificancia para Theo, pero para ella había significado mucho.

Y ese «mucho» la obligaba a enfrentarse en aquellos momentos a lo que estaba sintiendo.

Estaba celosa porque estaba enamorada. Se había enamorado perdidamente de Theo Antonakos, un hombre que nunca podría tener, un hombre prohibido para ella.

Amaba al hijo del hombre con el que tenía que casarse.

–¡Oh, no! –susurró para sí, desesperada–. ¡No, por favor... no!

Pero Theo se encaminaba de nuevo hacia la mesa y tuvo que esmerarse en ocultar sus sentimientos.

–Lo siento –se disculpó él mientras se sentaba.

–No pasa nada –murmuró Skye.

No se atrevía a mirarlo al rostro. ¿Cómo se miraba a un hombre en el momento en que una se había dado cuenta de que estaba enamorada de él? ¿Y cómo podía mirar al hombre al que amaba sabiendo que nunca podría ser suyo porque tenía que casarse con su padre?

Pero era evidente que él no sentía lo mismo. Su atención no estaba centrada en ella. Tenía el ceño fruncido y tamborileaba impaciente e irritado con los dedos sobre la mesa.

Debía ser a causa de Berenice, sin duda. Era obvio que se había alegrado de verla, pero ella le había dicho algo que le había hecho cambiar de humor.

¿Qué sería aquella mujer para él? ¿Tan sólo una amiga? Por su reacción inicial, había parecido algo más.

¿Sería posible que Theo estuviera viendo a otra mujer y a pesar de todo se estuviera comportando con ella como lo estaba haciendo?

¡Por supuesto que era posible!

Skye tomó su copa de vino y la vació de un trago.

¿Acaso no le había revelado nada lo sucedido aquella tarde en el coche? ¿No había aprendido nada de la feroz sensualidad con que Theo la había besado, la pasión salvaje que había ardido entre ellos al instante?

Theo la había tomado en sus brazos y la había besado de un modo cruel, implacable, sin la más mínima ternura o cariño, sino con el mero afán de ejercer su poder, de demostrarle lo que había entre ellos... una pasión sexual cegadora, nada más.

–Nos vamos a casa.

La voz de Theo, áspera y dura, hizo salir a Skye de sus sombríos pensamientos, que al mirarlo se fijó en las ojeras que habían aparecido repentinamente bajo sus ojos.

–Pero aún tienen que traer el plato principal...

–¿Tienes hambre?

–Bueno... en realidad no.

Lo cierto era que Skye había perdido el apetito que sentía al principio de la comida.

–En ese caso, nos vamos a casa.

Theo habló en un tono que no admitía discusiones. Y la velocidad con que se levantó enfatizó ese hecho. Había tomado una decisión y esperaba que Skye lo siguiera.

De manera que ella también se levantó tomó su chaqueta del respaldo de su silla y se la puso mientras Theo dejaba dinero de sobra sobre la mesa para pagar la cuenta.

A diferencia de cuando habían llegado, no tomó a Skye del brazo ni se molestó en mirar atrás mientras salían. Fuera lo que fuese lo que le había dicho Berenice, era evidente que le había enfadado mucho, y Skye se estremeció al pensar en el humor del que pudiera estar en el trayecto de vuelta.

Pero sus temores eran infundados. Theo no dijo nada mientras conducía hacia la casa de su padre a más velocidad de la recomendable, y siguió sin hablar cuando llegaron y detuvo el coche.

Nada más entrar en la casa se fue directamente

al salón a servirse un coñac del que bebió un largo trago.

Skye la miró desde el umbral de la puerta.

—¿Vas a explicarme por qué estás de tan mal humor?

—No sabes lo que estás pidiendo —replicó él secamente.

—Estoy pidiendo una explicación. ¡Creo que me debes una después de haberme abandonado en medio de la comida para irte a hablar con otra mujer! —Skye sabía que parecía una novia celosa e insegura... pero así era exactamente como se sentía—. Y luego me has sacado prácticamente a rastras del restaurante sin darme tiempo a comer.

—Has dicho que no tenías hambre.

—¿Cómo no iba a haber perdido el apetito con la actitud con que has vuelto a la mesa?

—Mis disculpas —dijo Theo en un tono que no tenía nada de disculpa—. Pero no me apetecía quedarme.

—En ese caso, creo que me debes una explicación.

—¡No te debo nada! —espetó Theo—. Lo único que te había prometido era un paseo por mi isla.

—¡No estoy hablando sobre el paseo por tu preciosa isla!

Algo no encajaba. Una repentina reacción, un movimiento que apenas pudo percibir, revelaron los sentimientos de Theo, cuando Skye sabía que habría preferido morir a mostrarlos. Había una nueva cautela en sus ojos, una tensión en su rostro que revelaba lo cerca que había dado de la diana.

—Tu isla... —repitió lentamente mientras toda una serie de nuevos pensamientos invadían su mente.

—Mi isla —repitió sombríamente—. ¿Qué pasa con mi isla?

Fue su tono lo que la convenció, el cínico énfasis que había puesto en la palabra «isla». Aquello confirmó las sospechas que no habían dejado de rondar su mente durante el paseo.

La voz de Theo resonó en su mente. «Era la isla de mi madre y debería haberla heredado yo».

—Tu padre... te desheredó.

La única respuesta de Theo fue un seco asentimiento.

—Si no os hubierais peleado y no te hubiera desheredado, Helikos sería para ti, pero ahora...

—¿Ahora qué, *agape mou*? ¿Qué está pasando por esa cabecita? —preguntó él en tono burlón.

—Eso es lo que está detrás de todo, ¿verdad? Ése es el motivo por el que quieres estropear las cosas entre tu padre y yo, por lo que quieres asegurarte de que no me case con él. Cuando tu padre te desheredó perdiste la posibilidad de llegar a ser dueño de la isla. Pero mientras no hubiera nadie más, siempre existía la posibilidad de que Cyril cambiara de opinión...

—Sigue —dijo Theo en tono gélido al ver que Skye dudaba—. Encuentro fascinante lo que estás diciendo.

–Pero si tu padre se casara de nuevo y tuviera otro hijo, éste sería quien lo heredaría todo. Estás empeñado en que tu padre y yo no nos casemos para que nadie se interponga entre tu preciosa isla y tú.

Skye esperó en silencio la respuesta de Theo, temiendo que el corazón fuera a salirse de su pecho debido a la intensidad de sus latidos.

Pero la reacción de Theo no fue la que esperaba.

Se rió. Echó la cabeza atrás y rió sonoramente. Pero no fue una risa cálida y espontánea, sino cruel y cínica.

–Oh, querida Skye... Si de verdad piensas eso es que no me conoces en absoluto. Si estuviera empeñado en impedir que mi padre tuviera otro hijo, en estos momentos debería sentirme realmente decepcionado, porque lo cierto es que ya tiene un nuevo heredero... o lo va a tener pronto.

–¡No es posible! Él no...

–Oh, ya sé que me dijiste que nunca os habíais acostado. Pero creo que debes saber que mi padre jamás ha sido fiel a ninguna de sus mujeres. Y no va a empezar a serlo precisamente ahora. Tiene una querida. Se llama Berenice.

Theo había dejado su copa en la mesa y Skye pensó que lo había hecho en espera de su reacción. Pero no podía reaccionar. Al menos, no tal como esperaba Theo.

Supuso un terrible esfuerzo contener los sentimientos que se agitaron en su interior, sentimientos que él no podía imaginar.

Berenice era la amante de Cyril. No tenía nada que ver con Theo... ¡excepto como amante de su padre!

Skye sabía que debería estar conmocionada y que Theo esperaría que se mostrara disgustada, pero por dentro burbujeaba de alivio y felicidad.

—¿La mujer de la taberna? —logró decir, y su voz sonó tan temblorosa como Theo habría esperado, aunque por distintos motivos.

—La mujer de la taberna —confirmó él—. Ha sido la amante de mi padre desde hace años, de hecho, desde antes de que yo me fuera. Siempre había creído que no era fértil, que no podía tener hijos, pero ha resultado que no es así. Está embarazada de tres meses y el hijo es de mi padre.

Capítulo 12

DE TU PADRE?

Skye se había puesto tan pálida que Theo temió que fuera a desmayarse. De hecho, empezó a balancearse como si las piernas no la sostuvieran con suficiente fuerza.

—¿Skye? —dijo, preocupado. Lo cierto era que no había esperado que fuera a reaccionar así. Si lo hubiera sospechado, nunca le habría dicho la verdad de forma tan abierta y directa. Pero el modo en que había reaccionado cuando le había dicho que su padre tenía una amante, casi como si lo hubiera esperado, lo había convencido de que Cyril no le importaba nada, y de que tampoco le importaría nada enterarse de lo del hijo que esperaba Berenice.

Se acercó a ella rápidamente y la tomó de un brazo para conducirla hasta un sofá.

—Siéntate —dijo, y a continuación se sentó junto a ella—. Lo siento. No debería haber...

—No pasa nada —murmuró Skye en un tono que negaba sus palabras.

—Claro que pasa algo —replicó Theo, que había

visto un brillo revelador en sus ojos grises–. ¿Estás llorando?

–¡No!

Skye alzó la barbilla con gesto desafiante, pero su expresión de rebeldía quedó totalmente arruinada por el temblor de su voz.

–¿No? –repitió Theo con suavidad–. Entonces, ¿qué es esto? –añadió a la vez que deslizaba delicadamente un dedo por su mejilla.

Skye bajó la mirada hacia su dedo y vio que estaba húmedo. Se quedó mirándolo largo rato, en silencio, y Theo casi pudo sentir la lucha que estaba librando en su interior para no revelar lo que estaba pensando.

Entonces, una solitaria lágrima cayó en su mano, cálida y desesperadamente reveladora.

–¡Oh, Skye!

Ella murmuró algo incomprensible a causa de las lágrimas que empezaron a manar de sus ojos. Pero entonces lo repitió y la desesperación de sus palabras se hizo evidente.

–No puedo... No puedo seguir adelante con esto... ¡No puedo!

Theo no supo cómo nombrar los sentimientos que estallaron en su interior. Preocupación, compasión... y otros menos honorables.

Sintió un arrebato de triunfo al pensar que por fin estaba viendo a la auténtica Skye. Y, sin duda, sus lágrimas significaban que no era tan mercenaria y corrupta como había pretendido hacerle creer con sus declaraciones sobre los motivos por los que había aceptado casarse con su padre.

Pero lo que no podía contener era su deseo de que Skye se estuviera refiriendo a su matrimonio al decir que no podías seguir adelante. Por primera vez admitió ante sí mismo cuánto había estado esperando que llegara ese momento.

—¿Qué has dicho? —preguntó sin apenas atreverse a tocarla, porque sabía que si lo hacía no podría parar.

—No puedo...

—¿Qué es lo que no puedes, Skye? Dímelo.

—¡No puedo casarme con tu padre! —gimió ella, desesperada—. ¡No quiero!

Y entonces, finalmente, empezó a llorar de verdad. Las lágrimas humedecieron sus ojos, sus mejillas y se deslizaron hasta su vestido... pero ella permaneció en completo silencio, lo que dejó consternado a Theo. Había visto llorar a otras mujeres y normalmente lo hacían ruidosamente, sollozando, pero Skye parecía una estatua de mármol.

—¡Ven aquí! —dijo finalmente, incapaz de contenerse a la vez que la rodeaba con sus brazos. Skye enterró el rostro en su pecho mientras sus hombros temblaban a causa del llanto—. Tranquila —susurró él mientras le acariciaba el pelo—. Tranquila, *agape mou*...

Siguió hablándole en griego, pues así podía decirle todo lo que quisiera. En griego podía llamarla «dulzura mía», «querida», podía decirle lo preciosa que era, cuánto deseaba cuidar de ella, cuánto la deseaba...

Pero sabía que no debería haberla tocado. Desde el momento en que la había abrazado sabía que había traspasado la línea invisible que los separaba. La línea que separaba lo que estaba bien de lo que estaba mal, lo que podían hacer de lo que no podían hacer. El aroma floral de la perfumada piel de Skye alcanzó sus sentidos e hizo que la cabeza le diera vueltas de deseo. El duro y cruel despertar de su necesidad sexual fue tan intenso que estuvo a punto de gemir en alto.

Notó que había Skye había dejado de llorar cuando sus hombros dejaron de estremecerse y se quedó totalmente quieta contra él. Pero no se apartó de su lado.

–Skye... –murmuró mientras le acariciaba el pelo.

Ella suspiró pero apenas se movió. Theo sintió la calidez de su aliento a través de la camisa y su deseo se intensificó.

–Skye... –en aquella ocasión el nombre surgió de entre sus labios como una caricia, y a continuación inclinó la cabeza y la besó en el cuello–. ¿Has dicho en serio que no quieres casarte con mi padre? –preguntó, conteniendo el aliento.

Ella asintió en silencio.

–¡Entonces dilo! Dilo, *agape mou*. Dime por qué.

–No puedo casarme con tu padre porque... porque es a ti a quien deseo.

Theo no necesitó más. A la vez que sentía una especie de estallido en su mente, inclinó la cabeza y besó a Skye en los labios. Se aferraron el uno al otro casi con desesperación, en un revuelo de manos, cuerpos y brazos unidos, hasta que casi fue imposible distinguir dónde empezaba uno y dónde acababa el otro.

La boca de Skye se había abierto bajo la de Theo sin dudas, sin contención. Era todo deseo, fuego, abandono... y él no podía esperar más.

–Skye, preciosa Skye, ¿quieres venir a la cama conmigo?

–Sí –suspiró ella contra sus labios–. Sí, por favor... pero no aquí.

Theo sabía a qué se refería. No en casa de su padre.

De manera que se puso en pie, tomó a Skye en brazos y, sin decir nada, la llevó hasta su dormitorio en la casita de la piscina.

Ella sólo sabía que quería aquello, que lo deseaba más que nada en el mundo. No tenía idea de lo que le depararía el futuro, pero en aquellos momentos le daba igual.

Saber que pasara lo que pasase nunca podría casarse con Cyril, le hacía sentir una especie de libertad salvaje. No podía casarse con él; Cyril iba a tener un hijo con otra mujer, otra mujer que iba a necesitarlo, al igual que su hijo.

No sabía qué haría respecto a su padre, pero encontraría algún modo de solucionarlo. Suplicaría a

Cyril que lo perdonara, se pondría de rodillas si hacía falta... pero no quería pensar en aquello. No podía pensar en nada excepto en lo que estaba sucediendo en aquellos momentos. Ya pensaría al día siguiente. Tenía aquella noche.

Tenían aquella noche para ellos.

Y aquella noche no se pareció nada a la que habían pasado en Londres. No estuvo teñida de aprensión, de nerviosismo.

No sintió ninguna vergüenza al estar desnuda con Theo. Lo único que deseaba era tocarlo, acariciarlo, explorar su cuerpo...

—Eres preciosa —murmuró él mientras la contemplaba embelesado a la vez que deslizaba las manos por su cuello, por la curva de sus hombros, hasta detenerlas bajo sus pechos para acariciarle los pezones con los pulgares.

—Oh, Theo...

Las sensaciones que recorrieron el cuerpo de Skye le hicieron retorcerse y arquearse bajo el cuerpo de Theo. En aquella ocasión reconoció el comienzo de las reacciones de su cuerpo y abrazó su llegada casi con ansia a la vez que buscaba con la mano la cremallera del pantalón de Theo.

—*Agape mou*... —gimió él cuando ella alcanzó su meta y tomó en la mano su poderosa y palpitante erección.

Skye empezó a mover instintivamente la mano arriba y abajo, hasta que él murmuró una protesta casi desesperada.

–Vas a estropear las cosas para ti, cariño –murmuró junto al oído de Skye–. Estás acabando con mi control.

–¿Y quién quiere control? –bromeó ella–. No es eso lo que estoy buscando esta noche.

–Ah, ¿no? En ese caso, creo que ambos estamos buscando lo mismo.

Theo se quitó rápidamente la ropa y un momento después cubría con su cuerpo el de Skye y le hacía separar los muslos, abriéndola para él.

Al mismo tiempo atormentó sus sensibilizados pechos con su boca. Unas ardientes manos los elevaron para él mientras acariciaba por turnos los pezones con su lengua y los mordisqueaba antes de absorberlos una y otra vez en el interior de su boca.

–¡Theo!

Skye pronunció su nombre casi como un reproche a la vez que arqueaba su cuerpo hacia él, tentándolo, invitándolo, exigiéndole...

Una exigencia que él no tuvo ninguna duda en complacer penetrándola de un solo y duro movimiento. Skye echó atrás la cabeza y cerró los ojos, concentrando todo su ser en la sensación que le produjo sentirlo en el interior de su cuerpo, colmándola.

–¡Esta vez no quiero que cierres los ojos! –dijo él, casi con aspereza–. Esta vez quiero que sigas conmigo hasta el último momento. Esta vez quiero que sepas quién te está haciendo el amor.

¿Acaso no lo sabía?, se preguntó Skye. ¿No se daba cuenta? Debía ser obvio que no podía ser más consciente de con quién estaba, de quién le estaba haciendo el amor. Sólo se había entregado a un hombre así... y sabía que sólo podría hacerlo una vez en la vida.

Estaba haciendo el amor con el hombre al que amaba. Y si aquélla era la única noche que le quedaba con él para el resto de su vida, entonces ninguna otra noche podría igualar a aquélla.

–Sé quién... eres –logró decir, pero sus palabras se perdieron en un gemido de intenso placer cuando Theo empezó a moverse en su interior–. Y no querría estar con otro...

–Me alegra oír eso –la respuesta de Theo fue como el rugido de un tigre, ronco, triunfante, cargado de satisfacción–. Porque esta noche tengo intención de estropearte para cualquier otro amante. Después de esta noche sólo podrás pensar en mí.

–Ya pienso sólo en ti...

Skye habló rápido para alejar la amarga punzada que le había producido escuchar lo de «cualquier otro amante». ¿Cómo iba a tener otro amante después de aquello? ¿Cómo iba a desear a otro hombre?

Pero entonces Theo volvió a moverse a la vez que deslizaba una sabia mano entre sus cuerpos para empezar a acariciarla en el centro de su deseo con efectos devastadores. Al mismo tiempo, su boca se cerró en torno a un sensibilizado pezón y lo mordisqueó ligeramente, haciendo que Skye echara de nuevo la cabeza atrás, frenética.

–Di mi nombre –ordenó él–. Di mi nombre...

–Theo –respondió ella de inmediato, incapaz de otra reacción–. Theo... Theo... ¡Theo!

Su voz casi se convirtió en un grito en la última palabra. La cima estaba tan cerca que casi podía saborearla... casi...

–Yo soy el único –murmuró él–. El único.

–Tú eres el único –repitió ella, sin saber si su voz podía oírse mientras sentía que su cuerpo se sumergía en una espiral de intenso placer–. Oh... sí... eres...

Pero el resto de sus palabras se perdió en un prolongado gemido de gozo mientras sentía que sus sentidos alcanzaban finalmente el dorado olvido del éxtasis.

Capítulo 13

FUE EL teléfono lo que los despertó a la mañana siguiente.

Maldiciendo con suavidad, Theo salió al cuarto de estar a contestar mientras Skye se esforzaba por despertar. Regresó unos momentos después con el teléfono en la mano y se lo alcanzó.

–Es para ti. De Inglaterra. Tu padre.

Skye no supo cómo interpretar su expresión, ni el tono neutro de su voz, pero su deseo de tener noticias de su madre le hizo olvidar lo demás y tomó rápidamente el aparato.

–¿Papá?

Theo volvió a salir y ella supuso que lo hizo para ofrecerle intimidad. Oyó unos sonidos en la cocina, pero algo que dijo su padre la distrajo.

Tras terminar la llamada y después de esperar unos minutos, comprendió que Theo no iba a volver, aunque no entendía por qué.

De manera que apartó las sábanas de la cama y tomó lo primero que vio a mano para cubrir su desnudez, que fue la camiseta que había llevado Theo. Le llegaba justo hasta el comienzo de los muslos, pero no tenía sentido mostrarse recatada. A fin de cuentas, Theo le había acariciado y besado todo el cuerpo la noche anterior.

Lo encontró de pie ante las puertas que daban al patio, contemplando el horizonte con expresión pensativa. Se había puesto unos vaqueros, pero no llevaba nada más, y Skye se quedó conmocionada al ver las marcas que le había dejado en la espalda con las uñas.

—¿Theo? —murmuró, pero él no pareció oírla.

Cuando repitió su nombre con más fuerza, él se volvió, sobresaltado.

Skye frunció el ceño al ver su expresión.

—¿Sucede algo malo?

—No lo sé —la mirada de Theo parecía opaca y distante. Sus ojos habían dejado de ser los del ardiente amante de la noche anterior—. ¿Por qué no me lo dices tú?

—¿Decirte qué? ¿Qué quieres saber?

Theo miró la taza aún llena de café que tenía en la mano. Era evidente que había olvidado tomarlo. Con una mueca de desagrado, dejó la taza en una mesa cercana.

—¿Por qué no empiezas por contarme por qué no están tus padres aquí?

La mención de sus padres hizo que Skye se tensara al instante. La llamada que acababa de recibir había hecho que toda la euforia de la noche anterior se esfumara. La fría realidad había hecho acto de presencia, y con ella había regresado su desesperación. Todas sus fantasías de escapar, de ser libre habían caído por los suelos, y sus acciones habían empeorado aún más la situación. Ya no sabía qué hacer.

—Si se supone que vas a casarte con mi padre, ¿por qué no están aquí para la boda?

Al menos aquello era fácil de responder.

—Mi madre está enferma del corazón. Está en el hospital y no puede viajar.

Trató de hablar con calma, pero las noticias que acababa de recibir de su padre hicieron que le resultara imposible. Su voz se quebró cuando estaba terminando de hablar, y Theo lo captó de inmediato.

—¿Está mal?

Skye sólo pudo limitarse a asentir.

—¿Hasta que punto?

—La operación a la que va a someterse es su única esperanza —pero su inconsciencia de la noche anterior podía haber destruido toda esperanzas de que el tratamiento al que estaba sometida su madre funcionara, pensó Skye.

La noche anterior, conmocionada por el descubrimiento de la querida de Cyril y de que éste iba a ser padre, sólo había pensado en las necesidades del niño que estaba por nacer. Pero aquella mañana, tras enterarse de que su madre estaba peor de lo esperado, debía considerar las necesidades de su familia.

—Si no sale bien necesitará un transplante —añadió.

–Entonces, ¿qué diablos haces tú aquí? ¿Por qué no estás con ella?

–Ojalá pudiera... pero tu padre quería que estuviera aquí. Quería que la boda se celebrara cuanto antes... –Skye dejó de hablar al ver la incredulidad con que estaba mirándola Theo.

–Incluso mi padre habría esperado en esas circunstancias. ¿Qué me estás ocultando, Skye?

De pronto, ridículamente, Skye se hizo muy consciente de su falta de ropa. De pronto, la camiseta que llevaba le pareció demasiado poco.

Nerviosa, tiró del borde de la camiseta, consciente de que era un gesto inútil. Sólo sirvió para atraer la atención de Theo hacia sus muslos.

–Aquí sucede algo raro y quiero saber de qué se trata –continuó él en tono implacable.

Skye sentía que el corazón se le estaba desgarrando. Si Theo la presionaba tendría que contestar. Pero no podía decirle toda la verdad.

Y la llamada de su padre acababa de recordarle lo importante que era esa verdad. De manera que tendría que empezar de nuevo con las medias verdades.

–Skye –insistió él.

–No... no hay nada que contar.

–¿No?

Theo no soportaba que le mintieran... y sabía que Skye lo estaba haciendo. Estaba convencido de ello. Skye no se atrevía a mirarlo a los ojos y trasladaba nerviosamente su peso de un pie a otro.

También habría ayudado que no estuviera semidesnuda.

—No te creo. Y quiero saber qué está pasando.

—Nada... —empezó ella, pero Theo ya había tenido suficiente.

—¡De acuerdo! —estalló, a la vez que alzaba las manos en un gesto de desesperación—. De manera que no tienes ninguna explicación que darme. Muy bien. Ya volveremos a ello. Intentemos otro camino.

Skye lo miró sin ocultar su confusión.

—¿Qué... qué quieres decir?

—Hay otras preguntas que tal vez encuentres más fáciles de responder, así que empezaremos con una de ellas. ¿Qué te parece si me hablas de la noche que nos conocimos?

Skye se puso en guardia de inmediato.

—¿Qué quieres que te cuente? —preguntó, suspicaz.

—Dijiste que aceptaste casarte con mi padre porque querías un marido rico.

—Sabía que Cyril podría mantenerme del modo al que querría acostumbrarme.

El tono de Skye fue tan despreocupado, tan displicente, que Theo se quedó momentáneamente consternado. Pero cuando la miró a los ojos y vio cómo se habían ensombrecido, supo que debía insistir hasta averiguar qué estaba sucediendo.

—En ese caso, ¿por qué yo? Si querías un viejo rico para el resto de tu vida, ¿por qué te arriesgaste a acostarte conmigo?

Skye lo miró con un gesto de abierto desafío.

—Tú me ayudaste... acudiste en mi auxilio. Estaba agradecida.

—¡Agradecida! —repitió Theo, asqueado—. ¡Y por eso te acostaste conmigo!¿Así es como planeas dar las gracias a todos los hombres que te ayuden? ¿Así es como pagas tus deudas? Lo que me hace preguntarme... ¿qué diablos hizo mi padre por ti?

Skye se había puesto totalmente pálida y dio un paso atrás.

—No puedo decírtelo... ¡no es asunto tuyo!

—¡Claro que es asunto mío! ¡Dímelo, Skye! ¿Qué hizo mi padre por ti?

—¡Darme dinero! —espetó Skye y, de pronto, tras haber roto aquella barrera, fue incapaz de contenerse—. Necesitaba dinero. Tengo deudas... cuantiosas. Deudas que nunca habría podido pagar por mi cuenta.

—¿Y mi padre dijo que se ocuparía de ellas? Pero tus padres habrían...

—¡Ellos no tiene más dinero que yo! ¡Tienen menos! Y aunque pudieran ayudarme, ¿crees que se lo pediría? ¡Mi madre se moriría si se enterara de mis problemas! Así que cuando tu padre me ofreció matrimonio...

—Aceptaste de inmediato la oferta antes de que cambiara de opinión.

—Era mi única salida. No veía otra alternativa. Y tu padre me ofreció tanto...

–Seguro que sí. ¿Y puede saberse cuál fue mi papel en todo el asunto?

Skye bajó la mirada.

–Yo... aquélla era mi última noche de libertad. Tu... Cyril estaba esperando mi respuesta. Tenía que dársela al día siguiente. Sabía que iba a decir sí, sabía que ya no iba a ser dueña de mi vida a partir de entonces, así que estaba buscando algo de... de diversión.

Comprender que no había sido más que el vehículo para que Skye realizara un acto de rebelión ante su incipiente matrimonio hizo que Theo se sintiera enfermo.

–¿Eso fue todo para ti? ¿Una mera diversión?

–¡Eso se suponía que debía ser! Lo último que esperaba era encontrarme aquí contigo después.

–Y si no me hubiera presentado, ¿qué habrías hecho? ¿Mentir?

Skye se encogió ante la furia de Theo.

Y él se sentía furioso. Furioso con ella por estar demostrando ser tan superficial y codiciosa como había temido, y furioso consigo mismo porque, incluso en aquellos momentos, viéndola tal y como era, no lograba apartarla definitivamente de su lado.

Quiso aquella primera noche con ella para demostrarle que podían tener algo más que la aventura de una sola noche que ella estaba dispuesta a ofrecerle. Entonces quiso más noches para hartarse de ella, para saciarse hasta poder alejarse sin mirar atrás. O al menos eso fue lo que se dijo.

Pero las cosas no funcionaron como había esperado. Una vez más, una noche con ella sólo había servido para que la deseara aún más.

—Tu padre quería una esposa. Yo habría sido esa esposa.

—¿Porque prometió pagar tus deudas? Pero no esperabas que el matrimonio fuera «divertido», ¿verdad? Podrías haber jugado tus cartas mejor, cariño.

—No sé a qué te refieres.

—Tenías una mano mejor de lo que creías —dijo Theo cruelmente—. Aquella noche, cuando me elegiste para «divertirte», si hubieras sido un poco más lista, podrías haber averiguado algo más sobre mí. Podrías haber conseguido un marido que te habría dado más de lo que querías.

Skye apenas podía creer lo que estaba oyendo.

—¿Un marido? ¿Estás diciendo que...? —no pudo terminar de pronunciar las palabras. Parecían imposibles.

—¿Que si hubiera sabido que necesitabas un marido habría solicitado el puesto? Eso es exactamente lo que estoy diciendo. Y lo que sigo diciendo.

No. Skye negó con la cabeza. No podía haber escuchado lo que creía haber escuchado. Era demasiado cruel.

—¿No? —dijo Theo—. ¿A qué te refieres? ¿A que no lo sabías? ¿O estás diciendo que no me habrías aceptado? Supongo que no irás a rechazar un ma-

rido dispuesto a pagar tus deudas sin hacer preguntas incómodas sobre tu virginidad... y creo que
también podemos contar con ese elemento esencial
de diversión que tanto te importa en la cama.

Aquello no podía estar pasando. Skye se abrazó
a sí misma para tratar de ocultar el temblor de su
cuerpo.

–¿Tentada? –preguntó Theo.

¿Tentada? Aquello habría sido un sueño hecho
realidad para ella... el sueño que había tenido
desde aquella noche en Londres. Había soñado que
el hombre al que había conocido y con el que había
hecho el amor la encontraría de algún modo y re-
gresaría a su vida, que la rescataría de la situación
en que se encontraba atrapada, le diría que la
amaba y le pediría que se casara con ella.

Y, al parecer, su sueño se había hecho realidad...
pero de la forma más amarga posible. Theo había
regresado a su vida y le estaba pidiendo que se casara con él... pero todo conspiraba para que ella no
pudiera decir sí.

Por un lado, Theo no la amaba, y eso era esencial. Y aunque ella hubiera estado dispuesta a someterse a un matrimonio sin amor, no habría sido
posible. Era posible que Theo pudiera hacerse
cargo de las deudas de su familia, pero había otros
elementos en juego aparte del dinero.

Había prometido a Cyril casarse con él para salvar a su padre de la cárcel, y si no lo hacía sería
procesado. Ése era otro de los motivos por los que

su padre la había llamado aquella mañana. Sus palabras aún resonaban en la mente de Skye.

«Tienes que seguir adelante con el plan, hija. ¡Prométeme que lo harás! No puedo ir a prisión... eso me mataría... ¡y sin duda mataría a tu madre!»

Un sonido procedente del exterior llamó su atención. Era un coche que se acercaba a la casa.

Theo también lo había oído.

—Mi padre está de vuelta. Cuando vea que no estás en la casa vendrá a buscarte. Ha llegado el momento de tomar una decisión, *agape mou*. ¿Vas a casarte con mi padre o conmigo?

Pero Skye ya había salido corriendo hacia el dormitorio para recoger su ropa. Sólo le llevó unos segundos quitarse la camiseta de Theo y ponerse su vestido. Salió poniéndose el jersey y los zapatos.

—¡No puedo creerlo! —el tono despectivo de Theo restalló como una bofetada.

—Tengo que hacerlo —dijo Skye mientras se pasaba rápidamente un cepillo por el pelo—. ¡Compréndelo, por favor!

—¡Oh, claro que lo comprendo! Pero más vale que tú también entiendas algo. Estoy dispuesto a esperar un minuto a que cambies de opinión. Si lo haces, iremos juntos a hablar con mi padre. Le diré lo que ha pasado... le diré que te he seducido.

—¿Harías eso por mí?

Aquello sí que era increíble. Era lo último que Skye habría esperado escuchar de Theo.

–Pero si te vas ahora, será para siempre –continuó él–. No volverás nunca, ¿entendido?

Skye asintió con tristeza. Estaba segura de que Theo hablaba en serio. Pero también estaba segura de que no iba a tener más remedio que hacerle cumplir su promesa. No podía decirle la verdad y, debido a ella, no podía hacer otra cosa que marcharse.

–Lo siento –fue todo lo que dijo antes de volverse hacia la puerta.

Por un momento temió que Theo no fuera a moverse, que no iba a dejarle pasar. Tenía una mano apoyada en el quicio de la puerta, bloqueándole el paso. Su corazón estuvo a punto de detenerse cuando sus miradas se encontraron. Theo parecía estar buscando algo en su rostro. Ella no supo qué encontró, pero finalmente bajó el brazo y se apartó.

–No vuelvas –repitió enfáticamente.

Consciente de que no podía decir nada, Skye pasó junto a él y salió.

Theo se limitó a mirarla con los brazos cruzados.

Las lágrimas casi cegaron a Skye mientras se alejaba por el patio.

Acababa de entrar en su dormitorio cuando el coche de Cyril cruzó las verjas de la mansión.

Capítulo 14

SKYE metió el resto de su ropa en la maleta y cerró la tapa. Ya nada la retenía allí.

Un desolado suspiro escapó de entre sus labios. Ya no le quedaban lágrimas. Las había llorado todas. Al menos momentáneamente.

Estaba segura de que cuando volviera a casa habría más lágrimas, más angustia. Tendría que intentar explicar las cosas a su padre y cuidar de su madre. No sabía cómo iba a hacerlo. Sólo sabía que tenía que hacerlo.

Se había devanado la cabeza tratando de encontrar alguna otra salida, pero sabía que no la había. Tan sólo contaba con la posibilidad que le había ofrecido Cyril, y no estaba dispuesta a aceptarla.

Habría considerado cualquier otra posibilidad pero no aquélla.

El coche que Cyril había prometido que acudiría para llevarla al aeropuerto ya estaba esperándola. El conductor se hallaba a su lado, con la gorra calada hasta los ojos. Tomó la maleta de Skye y luego le abrió la puerta, todo ello sin decir palabra... que era exactamente lo que quería Skye.

Lo cierto era que apenas era consciente de sus alrededores. No tenía nada que decirle a nadie. El único hombre con el que quería hablar estaba encerrado en la casa de la piscina y no había vuelto a verlo desde el atroz ultimátum que le había dado.

Y ya no volvería a verlo. Nunca más.

El trayecto hasta el helipuerto fue breve, y apenas dio tiempo a Skye a sentirse emocionalmente preparada para su partida.

Pero se sorprendió al ver que el conductor detenía el coche a bastante distancia del aparcamiento.

–¿Qué sucede? –preguntó Skye, tensa–. ¿Tengo que caminar desde aquí?

–No, eso no será necesario. Puedo llevarte hasta la pista... si decides que quieres irte.

Skye estaba demasiado anonadada como para hablar y durante unos instantes se limitó a mover la cabeza, aturdida.

–¿Tú? –fue todo lo que logró decir finalmente.

No parecía posible... no podía ser cierto. Pero el conductor se quitó en ese momento la gorra y se volvió hacia ella.

–*Kalimera*, Skye –saludó Theo con calma.

–¿Qué... qué haces aquí?

–He venido a verte.

–Pero dijiste que si me iba...

–Lo sé. Y también sé que fue una estupidez hacerlo.

Incluso mientras lanzaba su ultimátum a Skye, Theo había sabido que estaba cometiendo una estupidez que podía acabar estallándole en la cara y destrozando su vida.

Finalmente había admitido que quería que Skye se quedara. Lo último que quería era que se alejara de él para no regresar nunca.

¿Y qué había hecho?

Como un estúpido, había hecho que Skye no tuviera otra salida. Había forzado una situación en la que no le había quedado más remedio que irse porque no tenía otra opción. La había presionado hasta que no le había dejado otra salida.

El dolor que le había producido ver cómo se marchaba había estado a punto de hacerle retractarse, pero la destructiva furia que sentía le hizo permanecer en silencio.

—Te he puesto en una situación imposible y luego te he odiado cuando has reaccionado en contra.

—Tenía que hablar con tu padre —dijo Skye en un tono apenas audible.

—Ahora lo sé. Lo he sabido en cuanto me he calmado. Pero estaba demasiado ciego como para darme cuenta. ¿Qué puedo decir? —Theo abrió las manos en un gesto de resignada derrota—. Estaba celoso, y los celos son capaces de hacer cosas muy raras con la mente.

Skye se quedó muy quieta al escuchar aquello.

—¿Celos? —preguntó, desconcertada—. ¿De quién?

—De mi padre. Lo cierto es que he sentido celos

de todos los hombres del mundo desde que te conozco. Pero sobre todo de mi padre.

Un destello de auténtico placer iluminó por un instante la expresión de Skye cuando escuchó aquello, pero desapareció con tanta rapidez que Theo no supo cómo interpretarlo.

–¿Por qué?

–¿No es evidente? Por lo mucho que te deseo.

Era más que eso. Mucho más. Theo lo sabía por cómo se había sentido al pensar que Skye se iba de su vida para siempre. Pero aún no estaba listo para admitirlo.

–Eso ya lo habías dejado claro –replicó Skye, con una expresión que Theo no supo interpretar–. El piloto está esperando, Theo.

¿Tan ansiosa estaba por irse? Aquel pensamiento hizo comprender a Theo que aún estaba dando demasiadas cosas por sentadas. Él sabía cómo se sentía, pero no tenía idea de lo que estaba pasando por la cabeza de Skye.

–No, no está esperando –murmuró–. Porque el piloto soy yo.

–Entonces, ¿cómo se supone que voy a salir de la isla?

–Si decides irte, yo te llevaré.

–¡Pero tengo que irme! ¡Sabes que no puedo quedarme! Tu padre...

–Mi padre me ha dicho que había ordenado al piloto que preparara el helicóptero, pero yo he cancelado la orden.

–¿Has hablado con tu padre?

–Por supuesto. ¿Cómo crees que he sabido cuándo te ibas?

Skye sintió que el coche se tambaleaba a causa de la fuerza de sus emociones.

Si Theo había hablado con su padre, entonces ella ya sabía por qué estaba allí.

Cyril debía haberle ofrecido la misma clase de trato que le había ofrecido a ella. Un trato que ella había tenido que rechazar. Por segunda vez aquel día le habían hecho una oferta para conseguir lo que más deseaba en la vida, pero en unas condiciones que no le habían dado más opción que rechazarla. Pero el destino no podía ser tan cruel como para volver a hacerle pasar por ello.

Habiéndose resignado ya a no volver a verlo nunca más, y después de haberse mentalizado para el viaje de regreso a casa, resultaba demasiado cruel por parte del destino darle la posibilidad de volver a ver el adorado rostro de Theo sabiendo que iba a tener que dejarlo. Ya había supuesto un auténtico tormento dejarlo aquella mañana. Pero tener que volver a pasar por ello era más de lo que podía soportar.

–Deja que me marche, Theo, por favor –rogó–. Si no me quieres...

–¡Maldita sea! ¿No has escuchado nada de lo que he dicho? Acabo de decir que te quiero... ¡demasiado!

–Creo que la palabra «querer» significa cosas distintas para ti y para mí.

Theo se movió inquieto en el asiento delantero.

–¿Tratas de negar que me deseas tanto como yo a ti? Porque si es así...

–No –interrumpió Skye–. Por supuesto que no trato de negar eso. Sería una estupidez hacerlo.

–Entonces, ¿sigues queriéndome?

–¿Queriéndote? –repitió Skye, que a continuación rió con tristeza–. Oh, sí, claro que te quiero. Pero si has hablado con tu padre, ya sabrás que la cosa no funcionaría.

En el fondo de su mente, aún podía escuchar las palabras de Cyril cuando por fin habían hablado. Ella había decidido contarle toda la verdad sobre su relación con Theo. Estaba dispuesta a rogar, a arrastrarse ante sus pies para que no denunciara a su padre aunque no se casase con él. Estaba dispuesta a ofrecerse de criada, de niñera para el bebé que esperaba Berenice...

Pero no había sido capaz de decir nada.

Por lo visto, Cyril ya sabía que iba a ser padre. Por eso se había mostrado tan distante en los últimos días; por eso había ido a Atenas a hablar con su abogado.

Sólo había planeado casarse con Skye para tener un hijo, pero ahora que iba a tener uno con Berenice había decidido casarse con ella. De manera que el matrimonio acordado entre ellos no iba a tener lugar.

Cyril se había mostrado muy calmado durante la conversación y había dicho a Skye que tenía una proposición que hacerle. Una proposición que resolvería sus problemas... y los de su familia.

–He visto el modo en que te mira mi hijo –le había dicho–. El brillo de sus ojos delata lo que piensa. Cualquier hombre se daría cuenta de que te desea. Si te casas con él, nuestro trato seguirá en pie...

–¿Por qué no me lo habías dicho?

La voz de Theo interrumpió los pensamientos de Skye, haciéndole volver al presente.

–¿Por qué no me hablaste de los problemas de tu padre?

–¡No podía hablar de ellos! Prometí a mi padre que...

Theo masculló una maldición.

–Tu padre no merece tu lealtad. ¿Qué clase de hombre es capaz de hacer pasar a su hija por algo así?

–¡Le prometí que lo haría! Y también estaba dispuesta a hacerlo por mi madre. Si mi padre fuera a prisión, se moriría. Lo necesita a toda costa... –la emoción hizo que Skye se interrumpiera para reprimir las lágrimas que amenazaban con desbordarse–. Y papá... papá la adora tanto que preferiría verme infeliz que perderla. No querría seguir viviendo.

–Eso puedo entenderlo –murmuró Theo–, pero no puedo perdonarlo.

«Perdonar».

Aquélla era la última palabra que esperaba escuchar Skye. Pero al ver la expresión de Theo sintió cierta esperanza.

–Tu padre tampoco puede perdonarlo –dijo con profunda tristeza–. No sé cómo voy a decírselo a mi padre... y mamá... –en aquella ocasión tuvo que morderse el labio hasta casi hacerse sangre para contener las lágrimas.

–¡No! –exclamó Theo, que se irguió en el asiento trasero y alargó una mano hacia ella para acariciarle el labio con un pulgar–. No hagas eso.

Su tono dejó a Skye sin aliento, y cuando lo miró a los ojos vio que toda la dureza anterior había abandonado su mirada.

Estaba soñando. Debía estarlo. No podía fiarse de lo que creía estar viendo. Debía estar imaginando cosas...

De pronto, Theo retiró la mano, sacó un sobre alargado del bolsillo de su chaqueta y se lo entregó.

–Estaba olvidando esto.

–¿De qué se trata?

–Ábrelo y lo verás.

Skye sacó del sobre una hoja de papel, impresa en una de las caras y con varias firmas en la parte baja. Consciente de la mirada de Theo, leyó el texto, frunció el ceño y volvió a leerlo.

Aquello no tenía sentido.

–No entiendo... Esto parecer decir que tu padre no va a informar a la policía.

–Eso es exactamente lo que dice.

–¿Pero por qué? ¿Qué significa esto? Y lo que dice sobre los pagos que se han hecho...

–Significa que las deudas de tu padre han sido canceladas.

–¿Quién las ha cancelado?

Skye vio la respuesta en los ojos de Theo sin necesidad de que éste contestara.

–¡Oh, no! No me digas que has sido tú...

–Por supuesto que he sido yo.

Theo no podía creer que Skye estuviera reaccionando así. Parecía horrorizada, cuando él esperaba que...

Y si estaba tan horrorizada como parecía, ¿qué iba a hacer respecto a lo siguiente que tenía planeado? Incapaz de permanecer confinado en el coche más tiempo, salió, abrió la puerta de la parte trasera y se asomó a ella para poder mirar a Skye de frente.

–¿Qué tiene de malo eso? ¿Por qué no iba a ocuparme de pagar las deudas de tu padre? ¿Y por qué iba a acceder el mío a no presentar cargos? No creerás que querría ver al padre de mi esposa encarcelado por...

–¿Tu qué? –interrumpió Skye, asombrada.

–A mi suegro –replicó Theo–. ¿No es obvio que mi padre no...? –al ver la expresión de perplejidad y rechazo de Skye, se interrumpió.

–¿No crees que al menos deberías preguntármelo primero? –preguntó ella en un tono tan rígido que Theo temió que lo abofeteara a continuación.

Aunque no le sorprendió. Estaba liando las cosas y debía hacer aquello adecuadamente.

–Lo siento... me he precipitado... ya iba a llegar a eso. Yo... –Theo hincó una rodilla en tierra y tomó una mano de Skye en la suya–. Skye, ¿querrás...?

Volvió a interrumpirse al ver que ella le dedicada una mirada aún más horrorizada que antes a la vez que retiraba la mano.

–¡No! –espetó–. ¡No hagas eso! ¡Cualquier cosa menos eso! Si quieres que te pague, lo haré aunque me lleve el resto de la vida... ¡pero no simules que quieres casarte conmigo!

Si lo hubiera abofeteado, Theo no se habría echado atrás con más violencia. Estuvo a punto de caerse pero logró erguirse.

–¿Pero qué...? –empezó, pero enseguida se interrumpió. ¿Cómo podía estar siendo tan idiota? ¿Tan tozudo? Era evidente que Skye no quería casarse con él. Lo más a lo que podía aspirar era a salir de aquella situación con parte de su orgullo intacto–. Lo siento –murmuró–. Debo haber interpretado mal las señales.

Skye sentía que la cabeza le estaba dando vueltas. No sabía qué pensar.

La proposición de Theo, su arrogante suposición de que aceptaría sus planes, habían sido más de lo que estaba dispuesta a soportar. ¿De verdad creería Theo que no sabía por qué estaba haciendo aquello, que su padre no había hablado de sus planes con ella?

Pero había captado algo desconcertante en su mirada hacía un momento, un destello de algo muy profundo, algo parecido al dolor...

–Yo también lo siento –dijo–. Ojalá pudiera... has sido tan amable...

–¿Amable? –repitió Theo, irritado.

–Sé que piensas que de ese modo obtendrás todo lo que quieres, y siento lo de la isla, pero...

–Un momento –interrumpió Theo–. ¿Qué has querido decir con eso de que lo obtendré todo?

–Lo que tu padre te ha prometido. Si te casas conmigo heredarás Helikos. Ojalá pudiera hacer eso por ti, Theo, pero sé cómo te sentiste cuando tu padre intentó forzarte a casarte con quien no querías hacerlo. Si te casaras conmigo, con el tiempo te arrepentirías...

La expresión de Theo hizo que Skye se callara. No podía estar simulando aquella perplejidad.

–¿No sabes de qué estoy hablando?

Theo negó lentamente con su oscura cabeza.

–No tengo ni idea.

–¿Tu padre no te ha dicho que... que si te casabas conmigo heredarías la isla?

–Tendría un problema... porque ya me he negado a aceptar nada de él.

Skye apenas escuchó la respuesta de Theo, pues estaba decidida a decirlo todo.

–Sé lo poco que te gustó que tratara de casarte a la fuerza en la primera ocasión, y yo no podría hacerte pasar por eso de nuevo. No soportaría pensar que un día pudieras arrepentirte...

–Tienes razón. Me arrepentiría –dijo Theo.

–Lo... suponía.

Pero Theo no había acabado.

–Si fuera a casarme contigo bajo el dictado de mi padre y por ningún otro motivo, sí me arrepentiría. Porque la primera vez que lo intentó comprendí que mi oposición a sus planes se debía a que sólo quería casarme con alguien a quien amara de verdad. Alguien con quien pudiera compartir el resto de mi vida. Alguien con quien pudiera envejecer.

–Espero... que la encuentres.

–Ya la he encontrado.

Parecía muy seguro de sí mismo y Skye sentía que se estaba desmoronando. Pero entonces vio cómo la estaba mirando.

–¿Quién es? –preguntó.

–Tú –replicó él con sencillez.

Skye pensó que no podía haber escuchado bien. Su mente debía estar jugándole una mala pasada. ¡No podía ser cierto!

Y sin embargo...

–¿Has... has dicho que has renunciado a recibir nada de tu padre?

–Eso he dicho. En cuanto me he dado cuenta de que iba a tratar de utilizar Helikos para negociar, he decidido que no quería saber nada al respecto. Si creyeras que te he pedido que te cases conmigo por lo que podría obtener gracias a ello, ¿cómo ibas a llegar a saber alguna vez que te adoro? Y te quiero Skye. Te quiero más que a nada en el mundo.

Aquello era demasiado, demasiado maravilloso para ser cierto.

—Pero tú... sé cuánto quieres esta isla.

—Te quiero a ti más. Y si ganara la isla y te perdiera a ti, habría perdido el mundo. Una isla nunca podría corresponder a mi amor, pero espero que tú puedas llegar a hacerlo algún día.

—Ya te quiero —Skye no pudo contener las palabras un momento más—. Yo...

Pero no llegó a decir nada más porque Theo la tomó de la mano, tiró de ella y la estrechó entre sus brazos para besarla.

Fue un beso tan ardiente, apasionado y exigente como los demás que habían compartido, pero en aquella ocasión también fue un beso de amor.

Cuando finalmente la soltó, los ojos de Skye brillaban a causa de las lágrimas. Pero eran lágrimas de felicidad, de alegría.

—Entonces, ¿vas a casarte conmigo, amor mío? ¿Estás dispuesta a pasar conmigo el resto de mi vida para que pueda pasar los días demostrándote cuánto te amo?

Demasiado emocionada como para hablar, Skye sólo pudo asentir, y Theo volvió a besarla.

—Si hubiera insistido en irme —preguntó cuando volvieron a separarse—, ¿de verdad habrías aceptado llevarme de vuelta a Londres?

—Sí. Pero te habría acompañado a todas partes hasta lograr persuadirte de mi amor... y de que te casaras conmigo.

—¿En serio?

—Deja que te enseñe algo.

Theo tomó a Skye de la mano, rodeó el coche hasta detenerse ante el maletero y abrió éste. Junto al equipaje de Skye había otra maleta.

—Tengo el equipaje listo, mi amor. Le he dicho a mi padre que no quería nada de él, excepto el perdón para tu padre. Es su regalo de boda para nosotros y lo único que voy a querer nunca de él. Teniéndote a ti no necesitaré nada más.

Theo sacó las maletas y se encaminaron juntos hacia el helicóptero. Tras guardarlas, se volvió de nuevo hacia Skye y la tomó de ambas manos.

—Entonces, Skye, amor mío, ¿querrás venir conmigo ahora? ¿Querrás venir conmigo a empezar una nueva vida... nuestra vida de casados?

—Es lo que más deseo en el mundo —dijo ella a la vez que lo rodeaba con los brazos por el cuello, feliz.

Unos momentos después el helicóptero se elevaba en el cielo y ambos partían hacia el brillante horizonte de su futuro. Un futuro compartido.

Bianca®

**¿Cómo podría rechazar una oferta
que deseaba tanto aceptar?**

Leonie había rechazado
la atrevida proposición de
Vidal porque era un hombre
arrogante, mujeriego... y
con un atractivo sexual tan
arrollador, que la hacía tem-
blar.

Ahora el millonario por-
tugués había vuelto a su
vida... y Leonie no podría
escapar. Vidal podría saldar
viejas deudas y convertirla
en su amante, y ella no podría hacer otra cosa que
aceptar...

Pero Vidal no quería una
amante, quería una esposa.
Y tenía intención de conseguirlo.

Comprada por
un millonario

Kay Thorpe

Acepte 2 de nuestras mejores novelas de amor GRATIS

¡Y reciba un regalo sorpresa!

Oferta especial de tiempo limitado

Rellene el cupón y envíelo a
Harlequin Reader Service®
3010 Walden Ave.
P.O. Box 1867
Buffalo, N.Y. 14240-1867

¡Sí! Por favor, envíenme 2 novelas de amor de Harlequin (1 Bianca® y 1 Deseo®) gratis, más el regalo sorpresa. Luego remítanme 4 novelas nuevas todos los meses, las cuales recibiré mucho antes de que aparezcan en librerías, y factúrenme al bajo precio de $3,24 cada una, más $0,25 por envío e impuesto de ventas, si corresponde*. Este es el precio total, y es un ahorro de casi el 20% sobre el precio de portada. !Una oferta excelente! Entiendo que el hecho de aceptar estos libros y el regalo no me obliga en forma alguna a la compra de libros adicionales. Y también que puedo devolver cualquier envío y cancelar en cualquier momento. Aún si decido no comprar ningún otro libro de Harlequin, los 2 libros gratis y el regalo sorpresa son míos para siempre.

416 LBN DU7N

Nombre y apellido	(Por favor, letra de molde)

Dirección	Apartamento No.

Ciudad	Estado	Zona postal

Esta oferta se limita a un pedido por hogar y no está disponible para los subscriptores actuales de Deseo® y Bianca®.
*Los términos y precios quedan sujetos a cambios sin aviso previo.
Impuestos de ventas aplican en N.Y.

SPN-03   ©2003 Harlequin Enterprises Limited

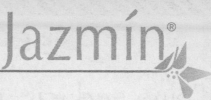

Jazmín®

Almas gemelas
Cathie Linz

Herido de guerra, el capitán Tom Kozlowski sólo buscaba algo de paz, pero con la sexy Callie Murphy como vecina, sus días eran cualquier cosa menos tranquilos. La maestra de guardería no comprendía que Tom no quisiera hacer nuevos amigos, sobre todo si eran tan encantadores y tentadores como ella.

Pero la amabilidad y comprensión de Callie iban a darle a Tom el valor necesario para recuperarse y, antes de que pudiera darse cuenta, estaría pensando en el futuro con una ilusión que jamás habría imaginado poder sentir…

Al principio la creyó una molestia... luego se dio cuenta de que era la salvación de su vida...

Deseo®

Cómo seducir al jefe
Jill Monroe

Era la ayudante perfecta, o al menos lo fue hasta que accedió a que la hipnotizaran durante una fiesta. De la noche a la mañana, la eficiente y recatada Annabelle Scott se convirtió en toda una seductora que se pasaba el día pensando cuál de sus atrevidos atuendos sorprendería más a su jefe…

Wagner Acrom era un atractivo adicto al trabajo que apenas notaba que Annabelle existía. Pero ella tenía intención de hacer que todo eso cambiara, pues se había dado cuenta de lo que se podía lograr si se era lo bastante atrevida…

Ser mala podía llegar a ser algo muy, muy bueno…